歴史《れきし》と人物《じんぶつ》でたどる

日本《にほん》の偉大《いだい》な建造物《けんぞうぶつ》！ドラマチックストーリー

作：大庭 桂　絵：NAKA

2 関東《かんとう》・東京《とうきょう》

物語に登場する建《けん》造《ぞう》物《ぶつ》の歴《れき》史《し》

日光東照宮《にっこうとうしょうぐう》

栃木県《とちぎけん》日光市《にっこうし》

日光東照宮《にっこうとうしょうぐう》の陽明門《ようめいもん》。

日光東照宮《にっこうとうしょうぐう》の彫刻《ちょうこく》「眠《ねむ》り猫《ねこ》」。

日光東照宮《にっこうとうしょうぐう》は、1617（元和《げんな》3）年、徳川《とくがわ》初代将軍《しょだいしょうぐん》徳川家康公《とくがわいえやすこう》がまつられている神社で、世界遺産《いさん》に登録《とうろく》された「日光《にっこう》の社寺」のひとつである。

現在《げんざい》の社殿群《しゃでんぐん》は、そのほとんどが1636（寛永《かんえい》13）年、3代将軍家光《しょうぐんいえみつ》により造営《ぞうえい》された。中でも有名な陽明門《ようめいもん》の彫刻《ちょうこく》や主な化粧材《けしょうざい》（目に見える部分に使われる木材《もくざい》）は建《た》てられた当時のままである。

横須賀《よこすか》製鉄所《せいてつじょ》

神奈川《かながわ》県横須賀《よこすか》市

横須賀《よこすか》製鉄所《せいてつじょ》は当時の造船技術《ぞうせんぎじゅつ》を集めた、日本最大《さいだい》の造船施設《ぞうせんしせつ》。江《え》戸《ど》幕府《ばくふ》が江《え》戸《ど》近郊《きんこう》に本格的《ほんかくてき》な造船所《ぞうせんじょ》をつくるため、幕末《ばくまつ》から明治《めいじ》にかけて、フランスの協力《きょうりょく》のもと建造《けんぞう》された。

1871 (明治《めいじ》4) 年に完成《かんせい》した日本初《はつ》の石《いし》造《づく》りのドライドック (艦船《かんせん》の建造《けんぞう》や修理《しゅうり》のための施設《しせつ》) は、数多くの船を建造《けんぞう》、修理《しゅうり》し、現在《げんざい》でも、在日米海軍横須賀基《ざいにちべいかいぐんよこすかき》地《ち》内で稼動《かどう》している。

現存《げんそん》する最《もっと》も古い1号ドライドック（手前）と2号ドライドック（奥《おく》）。

復原《ふくげん》後の東京《とうきょう》駅丸《まる》の内駅舎《うちえきしゃ》。

東京《とうきょう》駅

東京都《とうきょう》千代田《ちよだ》区

1908（明治《めいじ》41）年に着工し、1914（大正《たいしょう》3）年に完成《かんせい》した東京《とうきょう》駅は、重厚《じゅうこう》な赤レンガ造《づく》りの3階建《だ》ての駅舎《えきしゃ》。

1923（大正《たいしょう》12）年の関東大震災《かんとうだいしんさい》でも倒壊《とうかい》しなかったが、第二次世界大戦末期《たいせんまっき》の1945（昭和《しょうわ》20）年、空襲《くうしゅう》によって戦火《せんか》に包《つつ》まれ、屋根や内装《ないそう》などを焼失《しょうしつ》。戦後《せんご》、改修《かいしゅう》されたが、近年の復原《ふくげん》工事によって2012（平成《へいせい》24）年に完成《かんせい》当時の姿《すがた》をとりもどした。

2003（平成《へいせい》15）年、国の重要文《じゅうようぶん》化財《かざい》に指定されている。

旧《きゅう》国立競技場《きょうぎじょう》

正式名称《めいしょう》国立霞《かすみ》ヶ《が》丘《おか》競技場《きょうぎじょう》・陸上競技場《りくじょうきょうぎじょう》

東京《とうきょう》都新宿《しんじゅく》区

旧《きゅう》国立競技場《きょうぎじょう》は、第3回アジア競《きょう》技《ぎ》大会のために1958（昭和《しょうわ》33）年に誕生《たんじょう》した。20か国からアスリートが集まり、アジア初《はつ》の聖火《せいか》リレーが行われた大会である。そして、1964（昭和《しょうわ》39）年には、東京《とうきょう》オリンピック（第18回オリンピック競技《きょうぎ》大会）が行われた。

旧《きゅう》国立競技場《きょうぎじょう》のスタジアム。
2020年の東京《とうきょう》オリンピックのために建《た》てかえられる。

東京《とうきょう》タワー（正式名称《めいしょう》「日本電波塔《とう》」）

東京《とうきょう》都港《みなと》区

地上333メートルの東京《とうきょう》タワーは、完成当時、世界一の高さを誇《ほこ》る電波塔《とう》だった。

関東《かんとう》一円に電波を届《とど》けるためにそれまでにあったものより、はるかに高い電波塔《とう》を建《た》てる必要《ひつよう》があった。1957（昭和《しょうわ》32）年、地震《じしん》にも台風にもたえられるよう、鉄骨《てっこつ》による建《けん》設《せつ》が始まり、1958（昭和《しょうわ》33）年、強い風の中、塔《とう》の上にアンテナがとり付《つ》けられ、東京《とうきょう》タワーが完成《かんせい》した。

都心にそびえ立つ東京《とうきょう》タワー（左）。

もくじ

歴史《れきし》と人物《じんぶつ》でたどる

日本《にほん》の偉大《いだい》な建造物《けんぞうぶつ》！

2 ドラマチックストーリー 関東《かんとう》・東京《とうきょう》

この本の五つのお話は、史実《しじつ》にもとづく歴《れき》史《し》上のことがらを基本に、フィクションをまじえて読みやすくまとめたものです。

第一話

日光東照宮《にっこうとうしょうぐう》

（栃木《とちぎ》県）

平和を願《ねが》った家康《いえやす》の遺言《ゆいごん》

日光東照宮《にっこうとうしょうぐう》の唐門《からもん》

日光東照宮《にっこうとうしょうぐう》の神

ぼくはひと月後、小学六年生の修学旅行《しゅうがくりょこう》で日光東照宮《にっこうとうしょうぐう》に行く。

「日光東照宮《にっこうとうしょうぐう》って栃木《とちぎ》県の田舎《いなか》だし、お宮にお参《まい》りするだけだし、おもしろくなさそう。」

というぼくのつぶやきが、たまたま出張《しゅっちょう》から帰っていた父さんの耳に入ったらしい。

父さんは、文化財《ぶんかざい》の仕事をしていて、今は地震《じしん》でくずれた熊本城《くまもとじょう》の石垣《いしがき》の修復《しゅうふく》に長期出張中《しゅっちょうちゅう》なので、関東《かんとう》に帰るのは久《ひさ》しぶりのことだ。

「日光《にっこう》がおもしろくなさそうというのは、日光《にっこう》を知らないからだと思うよ。」

「『日光《にっこう》を見《み》ずに結構《けっこう》というなかれ』というし、『陽明門《ようめいもん》』だったかしら。一日見ていてもあきないらしいわよ。」

父さんと母さんはそういうけれど、少なくともぼくは、楽しみではない。

「日光東照宮《にっこうとうしょうぐう》にまつられているのはだれか、康介《こうすけ》、知っているのか?」

「だれだか知らないけど、お宮だから、むずかしい名前の神様でしょ。」

「おまえにも、関係《かんけい》ある名前の神様だがね。日光東照宮《にっこうとうしょうぐう》にまつられているのは、家康《いえやす》。徳川家康公《とくがわいえやすこう》さ。江戸《えど》に徳川幕府《とくがわばくふ》を開いた初代将軍《しょだいしょうぐん》。康介《こうすけ》も知っているだろう。」

「へえ、そうなんだ。『康《こう》』の字つながりってこと。徳川家康《とくがわいえやす》は、この東京《とうきょう》の町をつくったご先祖様《せんぞさま》だね。」

「そうなるな。なかなかいい目のつけどころじゃないか。」

ほめられて、ぼくは少《すこ》し得意《とくい》になった。その後、父さんは、家康《いえやす》について話してくれた。

徳川家康《とくがわいえやす》の遺言《ゆいごん》

六十六歳《さい》になった家康《いえやす》は三男の秀忠《ひでただ》に将軍職《しょうぐんしょく》をゆずると江戸城《えどじょう》をはなれ、静岡《しずおか》の駿府城《すんぷじょう》に隠居《いんきょ》してしまう。しかし隠居《いんきょ》というのは形ばかりで、徳川幕府《とくがわばくふ》の政治《せいじ》の実権《じっけん》は死ぬまで家康《いえやす》がしっかりにぎることになる。

一六一六（元和《げんな》二）年、一月二十一日。七十五歳《さい》の家康《いえやす》は鷹狩《たかがり》に出かけ、けんじょうされた鯛《たい》で、当時大坂《おおさか》（現在《げんざい》の大阪《おおさか》）ではやっていた天ぷらをつくらせそれを食べたあと、体調をくずしてしまった。四月に入ると、死がせまっていると思った家康《いえやす》は遺言《ゆいごん》した。

「わが命終われば、遺骸《いがい》は久能山《くのうざん》に納《おさ》め、一周忌《いっしゅうき》が過《す》ぎたころ、日光《にっこう》に小さな堂《どう》を建《た》てて勧請《かんじょう》せよ。関東八州《かんとうはっしゅう》の鎮守《ちんじゅ》になろう。」

家康《いえやす》の遺言《ゆいごん》は難《むずか》しすぎて、よくわからない。父さんがわかりやすく教えてくれた。

「家康《いえやす》は『死んだら、※駿府《すんぷ》の久能山《くのうざん》にほうむってくれ。そして、一年たったら、日光《にっこう》に小さな建物《たてもの》を建《た》てて※神霊《みたま》をうつしてくれ。そうすれば関東全体《かんとうぜんたい》の平和を守るであろう』と遺言《ゆいごん》した。」

「へえ。」

いつの間にか、母さんも父さんの話に聞き入り、ぼくといっしょにうなずいていた。

「なんで、そんな遺言《ゆいごん》をしたのかな。わざわざ、江戸《えど》でなく遠い日光《にっこう》にうつせ、なんて。」

「そうだな。なぜ日光《にっこう》なのか。ここがなぞだよな。しかし、家康《いえやす》という人はとても用心深い人で、自分の死んだあとも子孫《しそん》が安泰《あんたい》であるように、ていねいに用意をしていた。家康《いえやす》は、とて

※駿府《すんぷ》　現在《げんざい》の静岡《しずおか》市。
※神霊《みたま》　人が死んで神となったもの。

も努力家《どりょくか》で学問好《ず》き。その上すぐれた相談役がいて、いつも家康《いえやす》に助言していたんだ。」

「それはだれ？」

ぼくと母さんは、同時にいった。

「天海僧正《てんかいそうじょう》さ。天海《てんかい》は、家康《いえやす》に日光《にっこう》を領地《りょうち》としてあたえられていた。日光《にっこう》は、※豊臣秀吉《とよとみひでよし》にほろぼされる前、関東《かんとう》の比叡山《ひえいざん》といわれるほど立派《りっぱ》で、人々の信仰《しんこう》を集めた場所だったそうだ。」

天海僧正《てんかいそうじょう》の壮大《そうだい》な計画

家康《いえやす》が亡《な》くなると、京の朝廷《ちょうてい》は家康《いえやす》が神となったことを認《みと》める許《ゆる》しを出し、神となった家康《いえやす》は、東を照《て》らす太陽という意味の東照公《とうしょうこう》と呼《よ》ばれた。

「亡《な》くなって一年たったら、久能山《くのうざん》から日光《にっこう》へうつすという計画は、天海僧正《てんかいそうじょう》が家康《いえやす》にすすめたにちがいない。」

「そんなめんどうな計画を、天海僧正《てんかいそうじょう》はなぜ考えたのかな。」

※豊臣秀吉《とよとみひでよし》　安土桃山《あづちももやま》時代の武将《ぶしょう》。

「天下を守るためのさらに強大な力を、日光東照宮《にっこうとうしょうぐう》にうつることで家康《いえやす》に持たせるためさ。」

「えー。死んだ家康《いえやす》に力を？　そんなことできるかな。」

「過去《かこ》をふり返ってみればわかる。家康《いえやす》が天下をとれたのは、秀吉《ひでよし》が死んだからだ。秀吉《ひでよし》も亡《な》くなってから、神としてまつられた。でも、秀吉《ひでよし》の子孫《しそん》は家康《いえやす》にほろぼされた。家康《いえやす》が尊敬《そんけい》していた源頼朝《※みなもとのよりとも》だってそうだ。頼朝《よりとも》の子どもたちは、将軍《しょうぐん》をついだけれど、みんな、殺《ころ》された。同じことが、家康《いえやす》の子孫《しそん》に起こらないように、天海《てんかい》と家康《いえやす》は考えたんだ。」

「そうか。ふつうの神様ではだめなんだね。」

「そのとおり。天海《てんかい》は家康《いえやす》をただ神様にするだけでは手ぬるい。人々が、なっとくするような特別《とくべつ》にすごい力を持った神様にしようと計画し、家康《いえやす》が亡《な》くなったあと息子の二代将軍秀忠《しょうぐんひでただ》や孫《まご》の三代将軍家光《しょうぐんいえみつ》に実行させたんだ。」

「すごい、すごい。そんなすごい神様って、どんな神様？」

ぼくはもう、父さんの天海僧正《てんかいそうじょう》の話の続《つづ》きを聞きたくてたまらない。母さんも同じ思いのようで、じっと父さんの次の言葉を待っている。

※源頼朝《みなもとのよりとも》　鎌倉幕府《かまくらばくふ》初代将軍《しょうぐん》。

「康介《こうすけ》、北極星《ほっきょくせい》を知っているか。」

いきなりの父さんの質問《しつもん》に、ぼくの代わりに母さんが答えた。

「もちろんよ。動かないのよね、北極星《ほっきょくせい》は。天の中心にいて、全ての星が北極星《ほっきょくせい》のまわりをまわっているの。地球からはそう見えるのだけど。」

父さんはうなずくと続《つづ》けた。

「大昔、中国では、天で動かない北極星《ほっきょくせい》を天帝《てんてい》といい、天空を治《おさ》める神、つまり、宇宙《うちゅう》を治《おさ》める神としてあがめていた。その信仰《しんこう》は日本にも伝《つた》わっていて、※妙見《みょうけん》さんとか※北辰信仰《ほくしんしんこう》とかいわれているのだが。」

「そういえば、飛鳥《あすか》で見つかった古墳《こふん》にも、北極星《ほっきょくせい》がえがかれていたよね。」

ぼくがいうと、そうそう、と父さんはにっこりした。

「天海僧正《てんかいそうじょう》は、江戸《えど》の北の日光《にっこう》に家康《いえやす》をまつる日光東照宮《にっこうとうしょうぐう》をつくることで、家康《いえやす》の神霊《みたま》が天帝《てんてい》となり天下の平和を守る、ということにしたんだ。日光東照宮《にっこうとうしょうぐう》の本殿《ほんでん》を拝《おが》めば、そのまま奥社《おくしゃ》の家康《いえやす》の廟《びょう》と天の北極星《ほっきょくせい》を拝《おが》むように建《た》てられているんだ。」

※妙見《みょうけん》さん 北極星《ほっきょくせい》を神とした妙見大菩薩《みょうけんだいぼさつ》。
※北辰信仰《ほくしんしんこう》 北極星《ほっきょくせい》に人の運命は支配《しはい》されるとする思想。妙見菩薩《みょうけんぼさつ》をまつる。

「家康《いえやす》はただの神様ではなくて、天帝《てんてい》という宇宙《うちゅう》を治《おさ》める神様になったということ?」

「宇宙《うちゅう》の神なんて壮大過《そうだいす》ぎて……。」

母さんのいうとおりだ。地球の神でなくて宇宙《うちゅう》の神なんて、アニメかゲームの世界の話だ。

「家康《いえやす》は、歴史《れきし》に学んだのだろう。自分の死後、子孫《しそん》が天下を治《おさ》められる器《うつわ》の人物でない時でも、決して徳川将軍家《とくがわしょうぐんけ》がゆるがないように、家康《いえやす》自身がこの世を治《おさ》める強大な神になり、天下の安泰《あんたい》を守る。そういう姿勢《しせい》を、日光《にっこう》に日光東照宮《にっこうとうしょうぐう》をつくることによって現実《げんじつ》に成《な》しとげたわけだ。」

「それは成功《せいこう》したといえるわよね。徳川幕府《とくがわばくふ》の天下は、その後、二百五十年以上続《いじょうつづ》いたわけだもの。」

なるほど。母さんの言葉で、ぼくは改《あらた》めて、家康《いえやす》と天海僧正《てんかいそうじょう》のすごさを感じた。

日光東照宮《にっこうとうしょうぐう》をつくる

「さて問題です。日光東照宮《にっこうとうしょうぐう》をつくるのに、何年かかったでしょう。」

また、父さんのクイズだ。

「二十年はかかったんじゃない。」

「うーん、十年くらいかな。」

父さんは、首を横にふった。

「残念《ざんねん》でした。この問題は、なかなか当たらないんだな。康介《こうすけ》、家康《いえやす》の遺言《ゆいごん》を思い出してごらん。久能山《くのうざん》にほうむってから何年後にうつせと家康《いえやす》はいい残《のこ》したのだったかな。」

「一年だったよね。そんなの無理《むり》。でも家康《いえやす》のことだから、死ぬ何年も前から日光《にっこう》でつくっていたかもね。」

「ちがうんだなあ。君たちは、あの時代の武士《ぶし》や職人《しょくにん》たちの能力《のうりょく》をわかってない。一六一六

（元和《げんな》二）年四月に家康《いえやす》が亡《な》くなると、息子の二代将軍秀忠《しょうぐんひでただ》は、十月に天海《てんかい》を日光《にっこう》につかわし、十一月に奉行《ぶぎょう》の本多正純《ほんだまさずみ》や城《しろ》づくりの名人、藤堂高虎《とうどうたかとら》が日光《にっこう》に入って、建物《たてもの》の位置《いち》を決めるなわばりをしている。そして、翌年《よくねん》の三月には本殿《ほんでん》や回廊《かいろう》など一通りの建物《たてもの》を完成《かんせい》させたんだ。たった五か月で、家康《いえやす》を久能山《くのうざん》から日光《にっこう》にむかえる準備《じゅんび》を整《ととの》えた。」

「へえー。」

ぼくらは感心するしかなかった。

「もちろん、今見る日光《にっこう》よりは簡素《かんそ》なものだったけどね。でも、ちゃんとしたものだった。プレハブじゃないぞ。日光《にっこう》が今のようなごうかな装飾《そうしょく》をされるのは、三代将軍家光《しょうぐんいえみつ》による寛永《かんえい》の造営《ぞうえい》の時だ。家康《いえやす》の二十一回忌《かいき》に合わせたこの時の造営《ぞうえい》工事も、以前《いぜん》は十年以上《いじょう》かけたといわれていたが、文書《ぶんしょ》を調《しら》べた結果《けっか》、たった一年五か月で完成《かんせい》させているんだ。」

「ブルドーザーやクレーンなんてない時代《じだい》でしょう。信《しん》じられないはやさだわ。」

「昔の人って現代人《げんだいじん》よりすごいんだね、父さん。」

「ぼくもそう思うよ。江戸《えど》時代の日本人は、科学や機械《きかい》こそ今ほど進んでいないけれど、偉大《いだい》など先祖様《せんぞ》たちだったと、城《しろ》の石垣《いしがき》を修復《しゅうふく》する仕事をしながらいつも思う。」

父さんはそういうと、立ち上がって自分の仕事部屋へ行き、一冊《さつ》の大きな本をかかえてきた。

「さてと、これからが日光《にっこう》で見るべきものの話だが、その前に、三代将軍家光《しょうぐんいえみつ》のことを話しておこう。」

「春日局《かすがのつぼね》が育てた将軍《しょうぐん》ね。」

時代劇《じだいげき》の大好《だいす》きな母さんが、興味《きょうみ》しんしんという顔でいった。

「そう、昔は身分の高い人の子どもは、乳母《うば》が育てた。春日局《かすがのつぼね》も家光《いえみつ》の乳母《うば》だった。生みの母の江姫《ごうひめ》は家光《いえみつ》の弟をかわいがっていて、弟を三代将軍《しょうぐん》にしたかったんだ。けれど、それを察《さっ》した春日局《かすがのつぼね》が家康《いえやす》にうったえた。家康《いえやす》は、そこで家光《いえみつ》を三代将軍《しょうぐん》にすると決めてくれたんだ。もし家康《いえやす》がいなかったら、家光《いえみつ》の弟が三代将軍《しょうぐん》になっていただろう。だから家光《いえみつ》は家康《いえやす》に対して、並々《なみなみ》ならぬ恩《おん》を感じていた。その感謝《かんしゃ》の気持ちを家光《いえみつ》は、日光東照宮《にっこうとうしょうぐう》の工事にそそぎこんだんだ。もちろん天海僧正《てんかいそうじょう》のすすめもあった。」

「ふーん。でも、あのころのいろいろな普請《ふしん》（建設《けんせつ》）ごとは、将軍《しょうぐん》の命令《めいれい》でいろいろ他の藩《はん》に、やらせていたのではないかしら。日光東照宮《にっこうとうしょうぐう》だってそうだったのかも。」

「そうだね。江戸城《えどじょう》の石垣《いしがき》とか、橋とかは普請奉行《ふしんぶぎょう》を命じられた藩《はん》が資金《しきん》や資材《しざい》、働《はたら》く人まで全部用意しなければならなかった。いやだといえば、将軍《しょうぐん》から何万石《なんまんごく》とかの家禄《※かろく》をとり上げられたり、国がえを命じられたりするからな。」

「幕府《ばくふ》のいうことを聞かないと、大変《たいへん》なことになったんだね。今でいう給料《きゅうりょう》をくれなかったり、減《へ》らされたり、職場《しょくば》の配置《はいち》がえとかされちゃうんだ。」

「そういうこと。家康《いえやす》という人物は、強い幕府《ばくふ》の仕組みをしっかりつくった。家康《いえやす》は将軍《しょうぐん》になっても決してぜいたくをせず、倹約《けんやく》してせっせとお金を貯《た》めたんだ。貯《た》めたお金を大名たちに貸《か》しては、しっかり貸《か》した金をとり立てていた。借金《しゃっきん》のとり立ての手紙は、いつも家康《いえやす》が自分でかいたそうだ。」

「サラ金のとり立てみたい。」

「浪費家《ろうひか》の大名もいたからね。家康《いえやす》の直々《じきじき》のとり立てにはふるえ上がっただろうな。家康《いえやす》は、きっちりしたしまり屋だったから、家康《いえやす》が亡《な》くなった時に、駿府城《すんぷじょう》の蔵《くら》には二百万両もの大金

※家禄《かろく》　主君が家臣《かしん》にあたえた俸禄《ほうろく》（今でいう給料《きゅうりょう》）。

があったそうだ。ざっくりいえば、当時の幕府《ばくふ》の年間予算の二年分くらいかな。今でいうと国家予算の二年分。」

「まあー、うらやましい。」

「倹約《けんやく》すると、そうなれるのか。ぼくも家康《いえやす》を見習わなくちゃ。」

「戦《いくさ》には、ばく大《だい》な費用《ひよう》がかかるから、それにそなえて、家康《いえやす》は常《つね》に倹約《けんやく》していたんだよ。家《いえ》康《やす》が目指していたのは、戦《いくさ》のない太平の世だった。実際《じっさい》、徳川幕府《とくがわばくふ》ができてからは、大きな戦《いくさ》はなくなった。」

「戦《いくさ》がなくなれば、戦《いくさ》に使うお金は必要《ひつよう》なくなるわね。」

「そういうこと。家康《いえやす》が残《のこ》したお金を、父親に忠実《ちゅうじつ》な息子の秀忠《ひでただ》はいっさい使わなかった。しかし、秀忠《ひでただ》が亡《な》くなり、後をついで三代将軍《しょうぐん》となった孫《まご》の家光《いえみつ》は、祖父《そふ》家康《いえやす》のためにそのお金を使った。日光東照宮《にっこうとうしょうぐう》をもっとすばらしくするために、おしみなく使ったんだ。」

母さんは、なっとくしたようだ。

「それじゃ、日光東照宮《にっこうとうしょうぐう》は家光《いえみつ》の相続《そうぞく》したポケットマネーでつくられたのね。」

「そういうことになるね。だから、大名たちから寄付《きふ》はあったけれど他の藩《はん》に負担《ふたん》させたわけじゃない。それどころか、家光《いえみつ》は、日光東照宮《にっこうとうしょうぐう》をごうかにかざることで、徳川将軍家《とくがわしょうぐんけ》の圧倒的《あっとうてき》な力を諸大名《しょだいみょう》や外国からの使節《しせつ》（使いの人）にしめしたんだ。」

父さんは、そこでさっき仕事部屋から持ってきた大きな本を開いた。

魔除《まよ》けのなぞ

「さあ、康介《こうすけ》。これでも日光東照宮《にっこうとうしょうぐう》が地味だといえるかな。」

父さんが開いたページから、色あざやかな写真がぼくの目に飛《と》びこんできた。

ページ全面の写真をよく見れば、細かい彫刻《ちょうこく》の集合体のようだ。

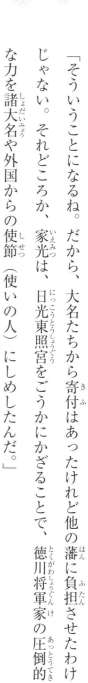

「これは、もしかしてあの有名な陽明門《ようめいもん》かしら。」

母さんが、写真を見るなりいった。

「そう。一日見ていてもあきないほどすばらしいと、もう四百年人々にいわれ続《つづ》けている『日《ひ》暮《ぐらし》の門』だ。」

「こうして写真で見ると、本当にごうかけんらんとしかいいようがないわねえ。」

母さんはうっとり写真に見とれている。

「この門は、どれくらいの大きさなの？」

ぼくは、父さんにたずねた。

「幅《はば》七メートル、高さ十一メートル。黒漆《くろうるし》と金箔《きんぱく》と※極彩色《ごくさいしき》の迫力《はくりょく》がすごいだろう。」

「動物とかほってあるんだね。」

「軒下《のきした》のところだね。動物や植物、それに神獣《しんじゅう》が彫刻《ちょうこく》されている。神獣《しんじゅう》は、唐獅子《からじし》や竜《りゅう》、悪い夢《ゆめ》を食うバクとかだね。家康《いえやす》は寅《とら》年生まれで、虎《とら》も多い。数えると五百もあるらしい。」

「まったく、こんなにたくさんの彫刻《ちょうこく》、よくほれたもんだよ。」

「康介《こうすけ》、すごいわよね。どれひとつとっても、生き生きしていて細かいところまで芸術《げいじゅつ》だわ。たくさんの人物がほられているけど、その表情《ひょうじょう》まで全部ちがう。拡大《かくだい》写真で見ると、よくわかるわ。」

※**極彩色《ごくさいしき》**　あざやかな色を何色も使ってあること。日光東照宮《にっこうとうしょうぐう》では白、赤、黒、黄、青の五色。

「陽明門《ようめいもん》には、竜《りゅう》がたくさんほられているんだね。」

「そうだね。陽明門《ようめいもん》には何十もの竜《りゅう》がいる。門には外からの魔《ま》や邪気《じゃき》を防《ふせ》ぐ役目があるからね。」

「神様をまつるお宮でも、※風水《ふうすい》みたいなことを考えているのね。」

「神様をまつるところだから、よけいに清浄《せいじょう》を守《まも》る魔除《まよ》けが必要《ひつよう》なのかもしれない。」

「ふーん、そういうことか。神獣《しんじゅう》たちはそのためにいるんだね。」

「神獣《しんじゅう》だけじゃない。極彩色《ごくさいしき》にぬられているのも魔除《まよ》けなんだよ。それと逆柱《さかばしら》もおもしろい。陽明門《ようめいもん》には十二本柱があるんだけど、柱のもようをよく見てごらん。何か気づかないかな。」

ぼくは、目をこらして柱を見た。何てことだ。柱の一本一本の下から上まで、びっしりと彫《ちょう》刻《こく》がほどこされている。

「あっ、わかった。この一本だけ、彫刻《ちょうこく》のもようがちがう。」

「おー、見つけたか。これを『魔除《まよ》けの逆柱《さかばしら》』というんだ。陽明門《ようめいもん》だけじゃなくて、拝殿《はいでん》や本《ほん》殿《でん》にも一本ずつ逆《さか》さに立《た》てた逆柱《さかばしら》があるんだよ。他の建物《たてもの》でも、絵を逆《ぎゃく》にしたり、どこかにひとつ不完全《ふかんぜん》なところをわざと残《のこ》したつくりになっている。その意味は、いろいろいわれている

※風水《ふうすい》　物の配置《はいち》や方位《ほうい》により、運気の良《よ》し悪しを見る古代中国《ちゅうごく》の思想。

けど、本当のことはわからない。」

「なぞだね。日光《にっこう》の建物《たてもの》は、よく見るとあっちこっちになぞがあるのか。」

「それが日光《にっこう》のおもしろいところ。完全《かんぜん》なものは、さけなければならない。完全《かんぜん》なものはピークを過《す》ぎてほろびていく。不完全《ふかんぜん》なままにしておけば、永《なが》くそのまま保《たも》たれる。未完成《みかんせい》を魔除《まよ》けと解釈《かいしゃく》することもあるが、なぞはなぞだ。」

彫刻《ちょうこく》は語る

「制作《せいさく》した人たちは、いったい何を考えていたのかしらね。」
「日光東照宮《にっこうとうしょうぐう》のために絵をえがいたり、彫刻《ちょうこく》をした人たちの作品とじっくり向き合ってみるしかないな。日光東照宮《にっこうとうしょうぐう》の絵画《かいが》や彫刻《ちょうこく》の下絵は狩野探幽《かのうたんゆう》という将軍家御用絵師《しょうぐんけごようえし》を中心に制作《せいさく》されていた。他に※狩野派《かのうは》の絵師《えし》は何人もいたし、狩野探幽《かのうたんゆう》もたくさんの弟子を工房《こうぼう》にかかえていたけれど、陽明門《ようめいもん》だけは他の絵師《えし》にまかせず、探幽《たんゆう》ひとりが責任《せきにん》を持って担当《たんとう》したようだよ。」

※狩野派《かのうは》　日本画の流派のひとつ。

「こうして日光東照宮《にっこうとうしょうぐう》を改《あらた》めて見ていると、イタリアのレオナルド・ダ・ヴィンチやミケランジェロの工房《こうぼう》にも負けていない気がしてきたわ。」

「そうだね。日本にも大勢《おおぜい》の画家《がか》や彫刻家集団《ちょうこくかしゅうだん》がいた、とわからせてくれるのが日光《にっこう》だよ。」

「この陽明門《ようめいもん》だけじゃない。陽明門《ようめいもん》から参道《さんどう》を進むと唐門《からもん》があるけど、唐門《からもん》も見てごらん。」

父さんは本のページをめくった。そこにも、漆塗《うるしぬ》りや金箔《きんぱく》がほどこされ、たくさんの人物像《じんぶつぞう》がほられた写真があった。

「日光東照宮《にっこうとうしょうぐう》には、五十五の建物《たてもの》があるんだけど、その全てが、すばらしい彫刻《ちょうこく》や色彩《しきさい》、美しい漆塗《うるしぬ》りや金箔《きんぱく》でかざられているんだ。」

そうか。ごうかなのは陽明門《ようめいもん》だけじゃないのだ。

「この写真がいいかな。この唐門《からもん》の正面に何人か人物の彫刻《ちょうこく》が見えるだろう。」

父さんは、唐門《からもん》を拡大《かくだい》した写真を指さした。

「もし、康介《こうすけ》が唐門《からもん》でこの人物の彫刻《ちょうこく》を見つけたら、家康《いえやす》と会えたことになるかもな。」

「えー、本当?」

「これは中国の古代の舜帝《しゅんてい》という王様なのだけど、家康《いえやす》に似《に》せてほられたらしいぞ。」

そんなことを聞いたら、見つけてみたいと思うに決まっている。

「眠《ねむ》り猫《ねこ》も忘《わす》れないで。」

母さんがいった。

「眠《ねむ》り猫《ねこ》がいるのは、奥社《おくしゃ》に行く東回廊《かいろう》のくぐり門のところだ。みんなが見上げているから、見のがすことはないさ。眠《ねむ》り猫《ねこ》の裏側《うらがわ》もちゃんと見るんだぞ。」

「どうして？」

ぼくは、父さんが眠《ねむ》り猫《ねこ》の裏《うら》を見ろというわけがわからない。

「裏側《うらがわ》に左甚五郎《ひだりじんごろう》って名前でもほってあるのかしら。」

「眠《ねむ》り猫《ねこ》の裏側《うらがわ》には、雀《すずめ》が二羽ほられているんだ。猫《ねこ》と雀《すずめ》を裏表《うらおもて》にほることで、作者は何かを語ろうとしているんだ。」

また、日光東照宮《にっこうとうしょうぐう》のなぞだ。あれこれたくさんあるなぞは、天海僧正《てんかいそうじょう》が日光東照宮《にっこうとうしょうぐう》にしかけたまじないにもぼくには思えてきた。

「猫《ねこ》は眠《ねむ》っている。雀《すずめ》は楽《たの》しそうに遊んでいる。これは、徳川将軍《とくがわしょうぐん》によって治《おさ》められている争《あらそ》いのない太平《たいへい》の世を表している。つまり、平和な世の中が永遠《えいえん》に続《つづ》くようにと語りかけているんだよ。」

「へえー。」

という言葉しか出ない。意外だ。眠《ねむ》り猫《ねこ》にそんな意味がこめられているなんて……。

「ちょっと待ってよ。家康《いえやす》は寅《とら》年生まれ、でも虎《とら》ってネコ科じゃなかった？」

母さんの言葉に、父さんは、

「あっ。」

と声をあげた。

「そこまでは、気づかなかったよ。しかし、虎《とら》がねているより、猫《ねこ》が眠《ねむ》っている方が、みんなの目を引く。猫《ねこ》がねている姿《すがた》は、平和そのものじゃないか。虎《とら》をほれといわれて猫《ねこ》をほったとしたら、芸術家《げいじゅつか》のセンスとユーモアを感じるね。『天下泰平《たいへい》』の世の平和こそが家康《いえやす》の理想であり、日光東照宮《にっこうとうしょうぐう》全体にちりばめられたテーマなんだよ。日本のレオナルド・ダ・ヴィンチたちは、知るかぎりの知識《ちしき》で家康《いえやす》や徳川将軍《とくがわしょうぐん》の平和な世をたたえ、豊《ゆた》かにそれを表現《ひょうげん》した。だから陽明門《ようめいもん》には、遊ぶ子どもたちがほられているんだろう。

「子どもたちが安心して遊べる平和な世の中を永遠《えいえん》に……。それは現代《げんだい》でも通じる願《ねが》いね。」

母さんは、しんみりとつぶやいた。

「のべ何万人もの絵師《えし》や彫刻大工《ちょうこくだいく》、漆塗《うるしぬ》りの塗師《ぬし》たちが働《はたら》いたのだけど、塗師《ぬし》たちの子孫《しそん》が語りつぐおもしろい話があるんだよ。」

「どんな話?」

ぼくは、食いついた。

「日光東照宮《にっこうとうしょうぐう》の造営《ぞうえい》に、将軍家光《しょうぐんいえみつ》がお金をおしまなかったと話したね。だから、材料《ざいりょう》も最高《さいこう》のものがふんだんに使われた。漆《うるし》は、装飾《そうしょく》のためでもあるけれど木の腐食《ふしょく》を防《ふせ》ぐ。何度も何度もぬり重ねなければならない。工期が短いのではやくかわかすためにお酒が混《ま》ぜられた。だから、大量《たいりょう》のいいお酒が塗師《ぬし》の工房《こうぼう》には運びこまれていたんだ。塗師《ぬし》の子孫《しそん》は『わしらの先祖《せんぞ》たち、漆《うるし》に混《ま》ぜる酒の半分は自分たちで飲んじまって、よっぱらって仕事してたんですわ』と話していたよ。」

父さんも母さんもぼくも、笑《わら》った。ふまじめな塗師《ぬし》さんらは、おとがめを受けなかったのか少し心配になったけど、何度も思い出し笑《わら》いをしてしまった。

久《ひさ》しぶりに帰った父さんの話を、たっぷり聞けた楽しい夜だった。

日光東照宮《にっこうとうしょうぐう》に行く時には、双眼鏡《そうがんきょう》を持っていこう。家康《いえやす》に似《に》せた舜帝《しゅんてい》を見つけるんだ。それに眠《ねむ》り猫《ねこ》と雀《すずめ》もじっくり見てみたい。日光東照宮《にっこうとうしょうぐう》の本殿《ほんでん》が北極星《ほっきょくせい》と重なるか方位磁石《ほういじしゃく》もいるな……そうだ。さっきの本を父さんから借《か》りよう。明日学校でみんなにも見せてやるんだ。

調べてみれば、小さな彫刻《ちょうこく》ひとつにも、願《ねが》いをこめていることがわかる。それを四百年以上《いじょう》前の芸術家《げいじゅつか》たちが競《きそ》ってつくりあげたのだ。

そして、なぞの魔除《まよ》けで永遠《えいえん》に日光東照宮《にっこうとうしょうぐう》が続《つづ》くことを願《ねが》い、日光東照宮《にっこうとうしょうぐう》がこの世の平和を守るために建《た》てられたことを、覚《おぼ》えておきたいと思う。

おもしろ雑学《ざつがく》 1

日光東照宮《にっこうとうしょうぐう》のあれこれ

知っておくと百倍おもしろいよ！

江戸城《えどじょう》と日光東照宮《にっこうとうしょうぐう》

地図を開いて確《たし》かめてみよう。江戸城《えどじょう》は明治維新《めいじいしん》後、皇居《こうきょ》になっている。皇居《こうきょ》から北へ、地図を真上へたどれば日光東照宮《にっこうとうしょうぐう》。大陰陽《だいおんみょう》師《じ》天海《てんかい》は、家康《いえやす》を神としてまつるためにこの地を選《えら》んだ。日光東照《にっこうとうしょう》宮《ぐう》の本殿《ほんでん》を拝《おが》むと天空に輝《かがや》く北極《ほっきょく》星《せい》。北極星《ほっきょくせい》は天の中心にあり北斗《ほくと》七星《しちせい》をはじめ全ての星をしたがえる天帝《てんてい》。家康《いえやす》を天帝《てんてい》としたのだ。

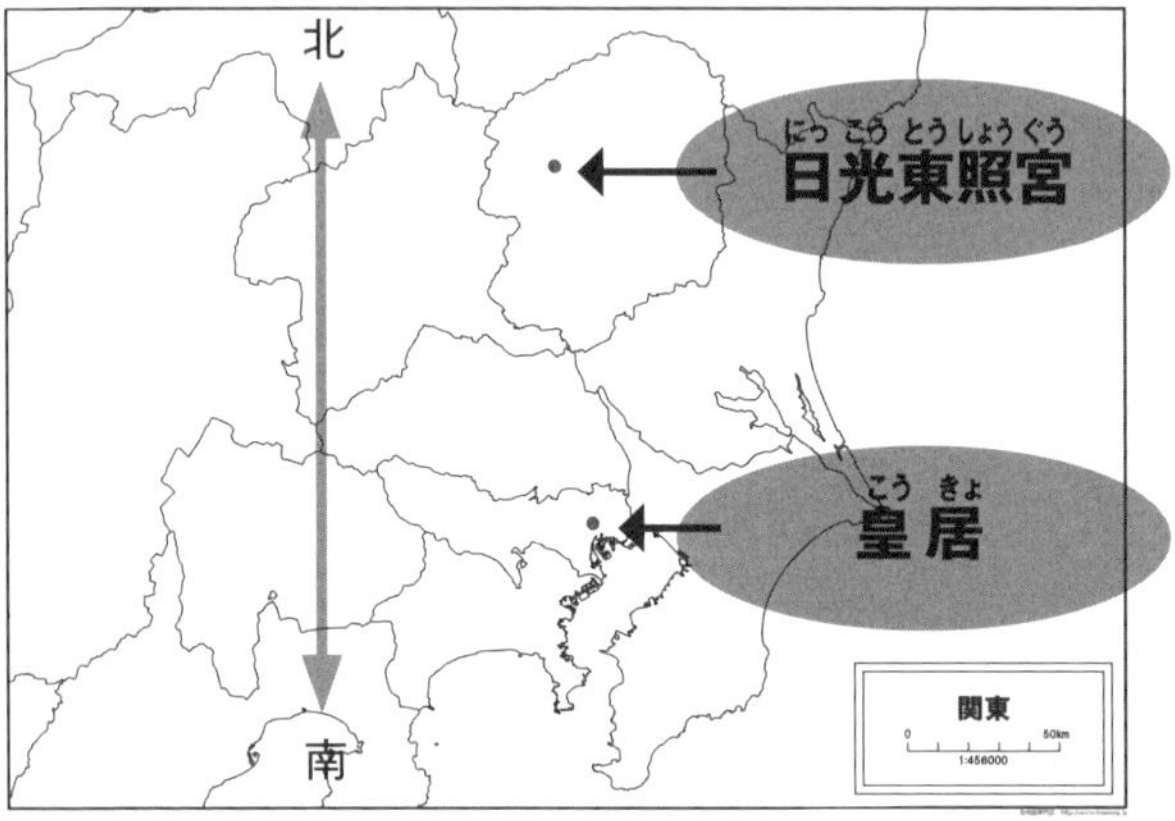

大鳥居《おおとりい》の階段《かいだん》

十段《だん》ある階段《かいだん》をのぼる前に注意して見てみよう。この階段《かいだん》はふつうの階段《かいだん》ではない。階段《かいだん》の横幅《よこはば》はのぼるにつれて少しずつせまくなり、段差《だんさ》は奥《おく》に行くほど浅《あさ》くなる。日光東照宮《にっこうとうしょうぐう》の建造《けんぞう》にたずさわった小堀遠州《こぼりえんしゅう》は、この階段《かいだん》に遠近法《ほう》を用いたのだ。遠近法《ほう》のしかけで、大鳥居《おおとりい》はより大きく高くそびえているように見えるというわけだ。

照降石《てりふりいし》

大鳥居《おおとりい》手前の十段《だん》目の階段《かいだん》の石をよく見てみよう。長方形の石だが、ななめの線で色がちがう。赤みがかった色と緑色のちがいがよくわかるのは雨が降《ふ》った時といわれている。見のがしてしまいがちだが、階段をのぼる時に見つけてみよう。この石は天気によって色が変《か》わって見えるので照降石《てりふりいし》と呼《よ》ばれている。

鐘楼《しょうろう》と鼓楼《ころう》

陽明門《ようめいもん》手前にある参道《さんどう》の右と左にある鐘楼《しょうろう》と鼓楼《ころう》は、中に入っているものがつりがねとたいこというちがいがあるけれど、ふたごのように同じつくりだ。

これは小堀遠州《こぼりえんしゅう》が建物《たてもの》の配置《はいち》にシンメトリー（対称《たいしょう》）という手法《しゅほう》を用いたのだ。陰陽道《おんみょうどう》では、同じ二つの物が並《なら》ぶことで万物を生み出し、そのくり返しが永遠《えいえん》に続《つづ》くことを意味する。

鐘楼《しょうろう》（右）
鼓楼《ころう》（左）

神厩舎《しんきゅうしゃ》の猿《さる》の彫刻《ちょうこく》

中国の故事《こじ》によれば、猿《さる》は馬の病気を治《なお》す守り神だという。神に仕える馬の小屋である神厩舎《しんきゅうしゃ》には、人生の教訓《きょうくん》が、猿《さる》の一生として八枚《まい》の絵にえがかれている。有名なのは二枚《まい》目の三猿《さんざる》だ。これは、幼《おさな》い時は、悪いことを見ない、聞かない、口にしない、という教えを表している。「見ザル、聞かザル、言わザル」という言葉を、子どもの猿《さる》が生き生きと語りかける。

三猿《さんざる》。

鳴き竜《りゅう》

竜《りゅう》の声を聞いてみたいと思ったら、鼓楼《ころう》の奥《おく》の本地堂《ほんじどう》に入ってみよう。見上げると六メートル×十五メートルの天井《てんじょう》いっぱいに、巨大《きょだい》な竜《りゅう》がえがかれている。竜《りゅう》の頭の部分の下で拍子木《ひょうしぎ》を鳴らすと、竜《りゅう》の声が聞こえるが、腹《はら》や尾《お》の下で拍子木《ひょうしぎ》を鳴らしても、ふしぎと鳴かないという。陽明門《ようめいもん》をくぐる前に鳴き竜《りゅう》に会おう。

鳴き竜《りゅう》。

第二話

横須賀製鉄所《よこすかせいてつじょ》

（神奈川県《かながわけん》）

フランス人技師《ぎし》が見た日本の高い技術《ぎじゅつ》

当時の横須賀製鉄所《よこすかせいてつじょ》の中心部

二つの像《ぞう》

横須賀《よこすか》の駅を降《お》りてすぐの横須賀《よこすか》港に面した公園に、ちょんまげをゆった日本人とひげをはやした外国人の像《ぞう》が、並《なら》んで立っている。

その二つの像《ぞう》が、ぼくのあこがれる朝倉文夫《あさくらふみお》という彫刻家《ちょうこくか》の作品だということで、その公園を訪《おとず》れてみた。ぼくは美術《びじゅつ》大学の彫刻《ちょうこく》科の学生で、明治《めいじ》時代に生まれた朝倉文夫《あさくらふみお》という彫刻家《ちょうこくか》の一連《いちれん》の作品を見てまわっている。朝倉文夫《あさくらふみお》は東京《とうきょう》の谷中《やなか》にアトリエをかまえていて、明治《めいじ》、大正《たいしょう》、昭和《しょうわ》と有名人の像《ぞう》をたくさんつくり「東洋のロダン」といわれた人だ。見たかった像《ぞう》は、朝倉文夫《あさくらふみお》が手がけた小栗上野介《おぐりこうずけのすけ》とフランス人のヴェルニーという人の像《ぞう》なのだが、どうもおかしい。朝倉文夫《あさくらふみお》の作品にしては、あまりにぼやけた印象《いんしょう》だ。

市役所の人にたずねてみると、この二つの像《ぞう》、原型《げんけい》は朝倉文夫《あさくらふみお》が一九二二（大正《たいしょう》十一）年につくったのだが、戦争《せんそう》の鉄不足《ぶそく》で像《ぞう》が供出《※きょうしゅつ》される時に、型《かた》をとってセメント像《ぞう》がつくられ、戦《せん》

※供出《きょうしゅつ》　政府《せいふ》が物資《ぶっし》や主な農産物《のうさんぶつ》などを決めた価格《かかく》で強制的《きょうせいてき》に買い上げること。

後《ご》そのセメント像《ぞう》から型《かた》をとって、改《あらた》めてつくられた像《ぞう》なのだという。つまり、朝倉文夫《あさくらふみお》のつくったオリジナルの像《ぞう》からすると三代目。だが、そうまでしてなぜこのふたりの像《ぞう》がここに並《なら》んで立っているのか、ぼくは知りたくなってしまった。

徳川幕府《とくがわばくふ》、外国の力を思い知る

まだ、東京《とうきょう》が江戸《えど》と呼《よ》ばれていた百六十年前のこと。

江戸《えど》の徳川幕府《とくがわばくふ》は、一六三五（寛永《かんえい》十二）年以降《いこう》、オランダ、中国以外《いがい》の外国とはつきあわない鎖国《さこく》をしてきた。国内で大きな船をつくることを禁止《きんし》して二百年。徳川幕府《とくがわばくふ》の太平の世は、浦賀《うらが》にアメリカの軍艦《ぐんかん》四隻《せき》のペリー艦隊《かんたい》が来た年（一八五三年）から大きくゆらいでいた。天下泰平《たいへい》の世に眠《ねむ》っていた徳川幕府《とくがわばくふ》は、たたき起こされたのだ。

徳川幕府《とくがわばくふ》の役人小栗上野介忠順《おぐりこうずけのすけただまさ》は、黒船の艦隊《かんたい》にふるえ上がり幕府《ばくふ》があわてて結んでしまった日米修好通商条約《にちべいしゅうこうつうしょうじょうやく》（一八五八年）※批准《ひじゅん》のため、ポーハタン号に乗ってはるばる太平洋をアメ

※批准《ひじゅん》　署名《しょめい》した条約《じょうやく》に対し、国として最終的《さいしゅうてき》に確認《かくにん》・同意すること。

リカに渡《わた》った。その長い旅のあいだに、小栗《おぐり》たち一行はいよいよ危機《きき》感をつのらせていた。この時、いっしょにアメリカに向かった咸臨丸《かんりんまる》には護衛役《ごえいやく》の勝海舟《かつかいしゅう》が乗っていた。

「このままではだめだ。アメリカ、イギリス、フランス、ロシア……。外国に攻《せ》めてこられたら幕府《ばくふ》は、いや日本はどうなるだろう。」

小栗《おぐり》たちは見た。アメリカの港で、続々《ぞくぞく》と軍艦《ぐんかん》がつくられているのを。

「すぐに日本でも対策《たいさく》を考えなければ、日本は外国にのっとられてしまうだろう。帰国したら、幕府《ばくふ》の重役と話し合わねば。」

小栗《おぐり》も勝《かつ》もそう思いながら、日本に帰った。

ぼくは、初《はじ》めて知ったのだが、この小栗上野介《おぐりこうずけのすけ》は勝海舟《かつかいしゅう》のライバルだった。小栗《おぐり》と勝《かつ》は、いっしょにアメリカに渡《わた》り、アメリカの軍事《ぐんじ》力を見たのだ。ふたりは、帰国するとすぐに幕府《ばくふ》に働《はたら》きかける。小栗《おぐり》は、軍艦《ぐんかん》の修理《しゅうり》や建造《けんぞう》を行う製鉄所《せいてつじょ》が必要《ひつよう》だとうったえ、勝《かつ》は※海軍操練所《かいぐんそうれんじょ》をつくろうとした。

「日本は海に囲《かこ》まれているのに、国を守る海のそなえがない。まず、アメリカの海軍造船所《かいぐんぞうせんじょ》で

※海軍操練所《かいぐんそうれんじょ》 徳川幕府《とくがわばくふ》の海軍《かいぐん》学校。

見た西洋式蒸気《じょうき》船を日本でもつくらなければ。」

※海軍奉行《かいぐんぶぎょう》に任《にん》じられた江戸《えど》っ子《こ》の小栗《おぐり》は、こうと決めたらすぐにやらねば気がすまない。まず幕府《ばくふ》のお偉方《えらがた》を説《と》きふせた。

「あれこれ迷《まよ》っている場合じゃない。今の日本は、幕府《ばくふ》の力も弱っていて、西洋の力にはとてもかなわない。私《わたし》がやらなければ、だれがやる。すぐに西洋式蒸気《じょうき》船のつくり方を教えてもらわなければ……。まずアメリカにたのんでみよう。」

小栗《おぐり》のたのみを、アメリカは断《ことわ》ってきた。ちょうどその時、アメリカ国内では※南北戦争《なんぼくせんそう》が起こっていて、日本なんぞにかまっていられなかったのだ。

オランダもイギリスもロシアも「今はちょっと援助《えんじょ》いたしかねる」という返事であった。

フランスと手を組む

困《こま》った小栗《おぐり》は、同じ塾《じゅく》で学んだ親友栗本鋤雲《くりもとじょうん》に相談した。

※海軍奉行《かいぐんぶぎょう》 徳川幕府海軍《とくがわばくふかいぐん》の管理職名《かんりしょくめい》。
※南北戦争《なんぼくせんそう》 アメリカで1861〜1865年のあいだにあった戦争《せんそう》。

「第一に海の守りを固《かた》めねばならないのは、おれもよくわかる。よし、おれの友人のフランス人通訳《つうやく》に話をしてみよう。実は、フランスの絹織物《きぬおりもの》に必要《ひつよう》なカイコが病気で全滅《ぜんめつ》してな、病気に強い日本のカイコを調達《ちょうたつ》してフランスに送ったところだ。」

「たのむ。金は幕府《ばくふ》で用意する。他の国からは皆断《みなことわ》られて、フランスだけがたのみなのだ。」

「小栗《おぐり》、わが国は大金を積《つ》んで外国から船を買っている。外国にすれば、その方が自国の利益《りえき》になる。蒸気《じょうき》船を日本でつくるのは、一から始める大事業。それを援助《えんじょ》することはたやすくない。ばく大な金が必要《ひつよう》だ。そこは承知《しょうち》しておいてくれ。」

「わかった。幕府勘定奉行《ばくふかんじょうぶぎょう》と海軍奉行《かいぐんぶぎょう》として責任《せきにん》を持つ。」


親友栗本《くりもと》のおかげで、小栗《おぐり》はフランス公使《こうし》ロッシュと話をすることができた。

ロッシュは、母国フランスのナポレオン三世から「東洋に同盟《どうめい》国をつくれ」と命令《めいれい》を受けていた。ヨーロッパ諸国《しょこく》は、アフリカからインド、そしてアジアに植民地《しょくみんち》を競《きそ》って広げつつあった。ロッシュはそのような世界の情勢《じょうせい》の中で、日本がフランスの強力な同盟《どうめい》国になる可能性《かのうせい》を感じていた。

「ムッシュゥオグリ、蒸気《じょうき》船をつくるには鉄を加工《かこう》する製鉄所《せいてつじょ》がいる。そこで鉄を加工《かこう》する技《ぎ》術《じゅつ》を教えるフランス人の技師《ぎし》が何人も必要《ひつよう》だ。船を建造《けんぞう》するドック※も建設《けんせつ》せねばならない。そして、機械《きかい》や材料《ざいりょう》もすべてヨーロッパから運んでこなければならない。だがナポレオン皇帝陛下《こうていへいか》は、日本がこれから発展《はってん》するために協力《きょうりょく》しよう、とおおせです。」

「ロッシュ殿《どの》、かたじけない。よろしくおたのみもうす。」

フランスが助けてくれる……。小栗《おぐり》の胸《むね》はおどった。

小栗《おぐり》とロッシュは握手《あくしゅ》をかわした。

若《わか》きフランス人技師《ぎし》ヴェルニー来日

日本とフランスの話し合いのあと、ロッシュは小栗《おぐり》にひとりの青年をしょうかいした。

「ムッシュゥオグリ。製鉄《せいてつ》、造船所《ぞうせんじょ》のことですが、日本は運がいい。このフランソア・レオン

※ドック　船の建造《けんぞう》・修理《しゅうり》などを行うための施設《しせつ》。

ス・ヴェルニーをフランス政府《せいふ》は推薦《すいせん》いたします。かれはフランスの誇《ほこ》る造船《ぞうせん》の専門家《せんもんか》で、中国の寧波《にんぽー》でついひと月前に造船所《ぞうせんじょ》を完成《かんせい》させたばかり。日本で造船所《ぞうせんじょ》をつくるのに最適《さいてき》な港を決めるために、上海《しゃんはい》から日本に来てくれました。」

こんなにとんとん拍子《びょうし》で進んでいいのだろうか、とあやしむほど小栗《おぐり》の予想を超《こ》えて話は進んだ。ロッシュによれば、この若《わか》い造船技師《ぞうせんぎし》はまだ二十八歳《さい》。しかし、中国で造船所《ぞうせんじょ》を完成《かんせい》させた功績《こうせき》で、ナポレオン三世から、レジオンドヌール勲章《くんしょう》を授《さず》けられることになっているという。小栗《おぐり》をおどろかせたのは、

「ルギャルデ、シルブプレ（どうぞごらんください）。」

といいながら、机《つくえ》に広げられた造船所《ぞうせんじょ》の設計《せっけい》図である。

「もう、図面があるのか。」

「ウィ（はい）、ヴェルニーの図面です。建設《けんせつ》する港が決まれば、このようなものをつくるとヴェルニーがいっています。本格的《ほんかくてき》な日本での仕事の準備《じゅんび》のために、ヴェルニーはフランスへいったん帰します。」

それは、造船《ぞうせん》を行うドックの図面で、細長い船型《せんけい》にかかれていた。

「ムッシュゥオグリ、パーイシ、ピエール。」

ヴェルニーが図面を指さして、何やら説明《せつめい》を始めた。

「はて、イシがどうとか？」

小栗《おぐり》は、すがるように通訳《つうやく》を見た。

「ここは、石にしてくれ、ということらしゅうございます。ピエールとは石でございますゆえ。」

「ああ、この船型《せんけい》の場所は、石積《いしづ》みでこしらえよ、ということか。」

せっかちな小栗《おぐり》でさえ、ついていけないほどフランス流の仕事ははやい。

船の製鉄所《せいてつじょ》をつくる場所は、何か所か候補《こうほ》地を見てまわり、フランスのツーロンに似《に》ているとヴェルニーの意見もあり、横須賀《よこすか》に決まった。横須賀《よこすか》は、入《い》り江《え》の水深もじゅうぶんである。

場所が決まると、ヴェルニーはフランスへ一時帰国した。フランスで日本の製鉄所《せいてつじょ》をつくるにあたり、たくさんの技師《ぎし》や機械《きかい》、資材《しざい》を整えるために。

江戸幕府《えどばくふ》の小栗《おぐり》たちも休む間はない。横須賀《よこすか》の入《い》り江《え》の七万四千坪《つぼ》を敷地《しきち》としてうめ立てを始め、ヴェルニーの注文にしたがい、製鉄所《せいてつじょ》を建設《けんせつ》するための地ならしや、住宅《じゅうたく》、寮《りょう》や工場、学舎《がくしゃ》の建設《けんせつ》に必要《ひつよう》な木材《もくざい》の調達《ちょうたつ》、運搬《うんぱん》と大忙《おおいそが》しである。

「ヴェルニーさんのかいた図面どおりにつくっておかなければ、日本の恥《はじ》になる。いいか、きっちり寸法《すんぽう》どおりに仕上げるんだ。」

とはいえ、ひとつ問題があった。ヴェルニーの測量《そくりょう》はフランス式で行われ、図面にかきこまれた数字は全て、メートル法《ほう》であったからだ。尺貫法《しゃっかんほう》の日本の寸法《すんぽう》ではない。全ての設計《せっけい》図にかかれた数字を尺貫法《しゃっかんほう》の長さに計算しなおして工事は進められた。

それまで、三十戸ほどが建《た》ち並《なら》ぶだけのひなびた漁村《ぎょそん》であった横須賀《よこすか》は、製鉄所《せいてつじょ》が建設《けんせつ》されることになり、幕府《ばくふ》の役人《やくにん》や建設《けんせつ》にたずさわる職人《しょくにん》たちでごったがえしていた。

ヴェルニーの活躍《かつやく》

ヴェルニーの日本での年俸《ねんぽう》※は一万ドル。今のお金に換算《かんさん》すれば、一億《おく》円に近い。当時、幕府《ばくふ》

※年俸《ねんぽう》　1年を単位《たんい》として定める給料《きゅうりょう》。

がやとったおやとい外国人※はヴェルニーだけではなく、百人以上《いじょう》いたから幕府《ばくふ》の支払《しはら》うお金は大変《たいへん》な額《がく》になった。その上に、船をつくるための製鉄所《せいてつじょ》には三百万ドルもの資金《しきん》が必要《ひつよう》になるだろう、とヴェルニーが日本へ同行する会計士《かいけいし》は見積《みつ》もっていた。

「ヴェルニーさんは、本当に日本のことを考えてくれているのだ。」

フランスで、日本につれていく技師《ぎし》の人選《じんせん》を見ていた幕府《ばくふ》の役人はそう思った。日本に行けば高い給料《きゅうりょう》がもらえるというので、たくさんの技師《ぎし》が売りこみにおしかけて来たのだが、ヴェルニーは、お金目当てでなく、本当に熱意《ねつい》と能力《のうりょく》があり、教養《きょうよう》のあるまじめな人物を選《えら》んだ。

「日本人は、おとなしく、礼儀《れいぎ》正しく、親切であるから、のんだくれやわがままな人間は恥《は》ずかしい。民族的伝統《みんぞくてきでんとう》を重んじる日本人から尊敬《そんけい》され、信頼《しんらい》される人物でなければ……。」

ヴェルニーは、日本で日本人に技術《ぎじゅつ》をしっかり教育、伝授《でんじゅ》し、日本人の手で部品を製造《せいぞう》し造《ぞう》船《せん》させることを目標《もくひょう》としていた。

帰国中ヴェルニーは、人選《じんせん》や機械《きかい》、資材《しざい》の買《か》い付《つ》けをしながら、幕府《ばくふ》とのとり決めで横須賀《よこすか》港に入る船の安全な航行《こうこう》のために、観音埼《かんのんさき》に灯台《とうだい》をつくる仕事を、灯台建築《とうだいけんちく》の専門家《せんもんか》であるフ

※おやとい外国人　外国の先進の文化や技術《ぎじゅつ》を導入《どうにゅう》するために指導《しどう》者や教師《きょうし》としてやとう外国人のこと。

ロランにたのむ。フロランは数年後、観音埼《かんのんさき》に日本で初《はじ》めての石油式灯台《とうだい》を築《きず》くことになる。さらにヴェルニーは再《さい》来日を前に、製鉄所《せいてつじょ》で働《はたら》くフランス人たちのための宿舎建設《しゅくしゃけんせつ》をさせる建《けん》築技師《ちくぎし》のバスティアンを日本へ送りこむ。

バスティアンがヴェルニーにたずねた。

「日本では、木の家に住んでいるというが、本当ですか。」

「そんな家に、我々《われわれ》は住めないでしょう。日本で調達《ちょうたつ》できる建築資材《けんちくしざい》でフランス風の建築《けんちく》をたのみます。」

「建物《たてもの》にはレンガが必要《ひつよう》です。日本にレンガはあるのでしょうか?」

「レンガがなければ、レンガを焼《や》く工場をつくればいいのです。日本の大工や職人《しょくにん》たちは優秀《ゆうしゅう》だ。木を組み合わせ、しょうじ紙やふすまなどでしきりをつくった家ばかりでなく、石垣《いしがき》や漆《しっ》喰壁《くいかべ》などなかなか見事につくる。日本の町はきれいだし、日本人は感心するほど勤勉《きんべん》でよく働《はたら》くのです。」

「セボン（それはいい）! 中国に長くいたムッシュゥヴェルニーがそうおっしゃるのなら、

日本に行くのも楽しみです。」

ひと足はやく日本に渡《わた》ったバスティアンは、日本の大工たちと、フランスからやってくる技《ぎ》師《し》たちの住まいをまず建《た》てた。

後にこのバスティアンは、世界遺産《いさん》になった群馬《ぐんま》県の富岡製糸場《とみおかせいしじょう》の設計《せっけい》も手がけている。

バスティアンより数か月遅《おく》れて一八六六（慶応《けいおう》二）年四月、ヴェルニーは横須賀製鉄所《よこすかせいてつじょ》に着《ちゃく》任《にん》した。この時、ヴェルニーが同行した技師《ぎし》四十数人、その家族まで入れると二百人ものフランス人が横須賀《よこすか》にやってきたのだ。

討幕《とうばく》の嵐《あらし》、ゆらぐ横須賀製鉄所《よこすかせいてつじょ》

ぼくは、以前《いぜん》から日本で長さの単位《たんい》にフランスのメートル法《ほう》が使われているのはなぜか、疑《ぎ》問《もん》だった。センチメートルとかキロメートルとか、ふだんのくらしに、いつも使われているメートル法《ほう》は、ヴェルニーが日本に持ちこんだものだったのだ。これは、おどろきだった。日本で

メートルという単位《たんい》が使われるようになった最初《さいしょ》の場所が、この横須賀製鉄所《よこすかせいてつじょ》だったとは。それればかりではない。時計を見ながら時間によって、仕事を始めたり、仕事を終えたり、食事をしたり、休んだりすることも横須賀《よこすか》から始まった。なんと、今のぼくたちの生活習慣《しゅうかん》は、ヴェルニーが日本にもたらしたものだったのだ。

横須賀《よこすか》に入って早々、ヴェルニーは徳川幕府《とくがわばくふ》から建設許可《けんせつきょか》のおりている三棟《とう》の工場の建設《けんせつ》を始めた。全ての寸法《すんぽう》はメートル法《ほう》で、屋根は※トラス工法《こうほう》でつくられた。その一方で小さな汽船《きせん》づくりにも着手する。工場建築《けんちく》に必要《ひつよう》なレンガ工場もつくられた。

「日本人は、日の出やニワトリの鳴き声で起き出し、日が沈《しず》み始めると仕事を止める。これでは、工場の仕事にも都合が悪い。工場の仕事の始業は、時計にしたがって朝六時半から、終業は午後五時半までとします。」

「賃金《ちんぎん》は日払《ひばら》いでなく月払《つきばら》いの月給《げっきゅう》とします。」

「日曜日は安息日。休みとします。」

※トラス工法《こうほう》　三角形を基本単位《きほんたんい》としてその集合体で構成《こうせい》する骨組《ほねぐ》み構造《こうぞう》形式。

日曜日に休むのはキリスト教の聖書《せいしょ》の教えで、ヴェルニーは製鉄所《せいてつじょ》の敷地《しきち》に小さな教会を建《た》て、フランス人たちは日曜日に集まって礼拝《れいはい》といのりの時を持った。

横須賀《よこすか》の製鉄所《せいてつじょ》を指揮《しき》するヴェルニーは、二十九歳《さい》とは思えない手腕《しゅわん》で次々に事業をくり広げていく。

「まず、日本人技師《ぎし》の育成《いくせい》をしなければならない。技術《ぎじゅつ》を学ぶためには、フランス語が理解《りかい》できなければ話にならない。」

着任翌月《ちゃくにんよくげつ》に、ヴェルニーは伝習生《でんしゅうせい》を幕府《ばくふ》の子弟からつのった。また、職人養成《しょくにんようせい》学校もつくり、横須賀《よこすか》の村の少年に募集《ぼしゅう》をかけた。寄宿舎《きしゅくしゃ》をつくり、製鉄所《せいてつじょ》の学校での生徒《せいと》の費用《ひよう》は、食費《しょくひ》もふくめてすべて幕府《ばくふ》が負担《ふたん》した。フランス語、数学、製図《せいず》、物理、化学、機械《きかい》学など、一学年十名ほどで四年間みっちり教育が行われ、そのレベルはフランスの大学にひけをとらず、卒業《そつぎょう》後フランスで工学博士《はかせ》の学位をとる学生が何人も出た。

幕府《ばくふ》の中では、「この大変《たいへん》な時に横須賀製鉄所《よこすかせいてつじょ》にばく大な費用《ひよう》をかけている小栗上野介《おぐりこうずけのすけ》はけしからん」という者も多かった。しかし小栗《おぐり》は、

「幕府《ばくふ》の運命にかぎりはあるとも、日本の運命にかぎりはない。横須賀製鉄所《よこすかせいてつじょ》という幕府《ばくふ》の仕事が長く日本に残《のこ》れば、それは徳川家《とくがわけ》の名誉《めいよ》ではないか。」

と、いってのけた。

小栗上野介《おぐりこうずけのすけ》という人は、幕府《ばくふ》の役人であったけれども、幕府《ばくふ》の倒《たお》れたあとの日本の未来《みらい》を見通し、世界の中の日本という大きな視点《してん》を持っていた。だから世界を相手にしなければならない日本の国のこれからを、幕府《ばくふ》内の反対の圧力《あつりょく》に屈《くっ》することなく考えていたのだ。

しかし薩摩藩《さつまはん》や長州藩《ちょうしゅうはん》は、イギリスと手を組んで、幕府《ばくふ》を倒《たお》そうとゆさぶりをかけてきた。

一八六七（慶応三《けいおう》）年の終わりに、徳川幕府《とくがわばくふ》は朝廷《ちょうてい》に大政奉還《※たいせいほうかん》し、第十五代将軍徳川慶喜《しょうぐんとくがわよしのぶ》は「薩摩《さつま》や長州《ちょうしゅう》と戦《たたか》おう」と主張《しゅちょう》した小栗上野介《おぐりこうずけのすけ》をやめさせ、「戦《たたか》わずに江戸城《えどじょう》をあけわたそう」と進言する勝海舟《かつかいしゅう》を新たな軍艦奉行《※ぐんかんぶぎょう》にするのである。

この年の三月に横須賀製鉄所《よこすかせいてつじょ》では、第一号ドックに着工している。

一八六八（明治元《めいじ》）年となる翌年《よくねん》は、戊辰戦争《ぼしんせんそう》で幕《まく》があけ、イギリスを後ろだてとした薩摩《さつま》藩《はん》と長州藩《ちょうしゅうはん》の出身者が、新しい明治政府《めいじせいふ》の実権《じっけん》をにぎった。徳川幕府《とくがわばくふ》の重臣《じゅうしん》で横須賀製鉄所《よこすかせいてつじょ》の

※大政奉還《たいせいほうかん》　政権《せいけん》を天皇《てんのう》に返上すること。
※軍艦奉行《ぐんかんぶぎょう》　徳川幕府《とくがわばくふ》の職名《しょくめい》。海軍奉行《かいぐんぶぎょう》の配下。

設立《せつりつ》に力を尽《つ》くした小栗《おぐり》は、薩摩《さつま》や長州《ちょうしゅう》を敵《てき》としたために四十歳《さい》で命を落とす。

「ムッシュゥオグリ。ああ神よ。何ということだ。イギリスと親密《しんみつ》な新政府《しんせいふ》が、徳川幕府《とくがわばくふ》とフランス政府《せいふ》が関《かか》わるこの横須賀製鉄所《よこすかせいてつじょ》を、これからどうするのかわからないが、私《わたし》はここを守りぬかねば。」

ヴェルニーは、たくさんのフランス人や日本人が働《はたら》く横須賀製鉄所《よこすかせいてつじょ》の存続《そんぞく》を強くのぞみ、フランス公使ロッシュに嘆願《たんがん》した。

「政権《せいけん》をだれがにぎろうと、我々《われわれ》は日本の国のための仕事をしているのだ。我々《われわれ》はフランス政《せい》府《ふ》の代表として、日本の近代化のために横須賀《よこすか》で働《はたら》いてくらしを立てており、その生活を守るのが私《わたし》の責務《せきむ》だ。」

このヴェルニーのいい分を明治政府《めいじせいふ》は認《みと》め、なんとか横須賀製鉄所《よこすかせいてつじょ》の事業は続《つづ》けられることになった。薩摩藩《さつまはん》や長州藩《ちょうしゅうはん》出身の多い明治政府《めいじせいふ》の高官《こうかん》たちも、国防《こくぼう》だけでなく近代化の重要性《じゅうようせい》をよくわかっていたのだ。

製鉄所《せいてつじょ》が明治維新《めいじいしん》の政変《せいへん》にゆれ、よりどころを失《うしな》う不安《ふあん》におそわれながらも、ヴェルニーの仕事は進められた。

一八六九（明治《めいじ》二）年に、観音埼灯台《かんのんさきとうだい》に火がともった。ヴェルニーがフロランにつくらせた白く美しい日本初《はつ》の西洋式灯台《とうだい》は、一筋《ひとすじ》の光で横須賀《よこすか》港近くを航行《こうこう》する船をみちびいた。

製鉄所《せいてつじょ》には工業用にも生活用にも水が必要《ひつよう》だったので、ヴェルニーは、水源《すいげん》から製鉄所《せいてつじょ》まで七キロメートルの水道管《かん》をひいた。その水道管《かん》は横須賀《よこすか》の住民《じゅうみん》たちにも配管《はいかん》され、住民《じゅうみん》を喜《よろこ》ばせた。製鉄所《せいてつじょ》のおかげで、横須賀《よこすか》の人々の生活も近代化が進んだのである。

「パルフェ（完璧《かんぺき》だ）！　マニフィック（すばらしい）！」

ヴェルニーは、日本の職人《しょくにん》たちが自分の設計《せっけい》した図面にしたがって完成《かんせい》させた花崗岩《かこうがん》の石積《いしづ》みの第一号ドックを前に、感動の声をあげた。

幅《はば》四十メートル、長さ百二十四メートル、深さ九メートルのこのドックこそが、これからの日本の造船《ぞうせん》の中心となっていく。そのとなりでは、第二号ドックの建設《けんせつ》がすでに始まっていた。

第一号ドックの完成《かんせい》した一八七一（明治《めいじ》四）年、横須賀製鉄所《よこすかせいてつじょ》は横須賀造船所《よこすかぞうせんじょ》と名前を改《あらた》める。

この年の十一月には、明治天皇《めいじてんのう》が十二隻《せき》の船をしたがえ横須賀《よこすか》を訪《おとず》れ造船所《ぞうせんじょ》を視察《しさつ》。造船所《ぞうせんじょ》では、その日、大祝賀会《しゅくがかい》が催《もよお》された。第一号ドックで、一八七五（明治八《めいじ》）年三月五日、完成《かんせい》した初《はじ》めての軍艦《ぐんかん》「清輝《せいき》」の進水式が行われる。ヴェルニーが横須賀《よこすか》に来て、十年近くがたっていた。

明治天皇《めいじてんのう》は、その後、ヴェルニーに勲章《くんしょう》を授《さず》けている。

オールヴォワール、サヨナラ横須賀《よこすか》

明治政府《めいじせいふ》は、近代化のために欧米《おうべい》から招《まね》いたおやとい外国人に、高い給料《きゅうりょう》を払《はら》うことに苦労《くろう》していた。かれらには日本人の二十倍から五十倍もの給料《きゅうりょう》を払《はら》わねばならない。
「フランス人医師《いし》や教師《きょうし》を減《へ》らしてくれ」と、明治政府《めいじせいふ》はたびたび申し入れたが、そのたびにヴェルニーは断《ことわ》った。明治政府《めいじせいふ》の財政《ざいせい》はいよいよ苦しくなり、一八七五（明治《めいじ》八）年の暮《く》れ、ついにヴェルニーにも横須賀製鉄所《よこすかせいてつじょ》の責任者《せきにんしゃ》の任《にん》を解《と》く通達《つうたつ》が出た。
「もう軍艦《ぐんかん》もつくれたし、あとは日本人でやるからフランスへ帰っていいよ」という明治政府《めいじせいふ》の追い立てるような命令《めいれい》だ。

「私《わたし》は、日本政府《せいふ》にまかせられたこの横須賀《よこすか》での仕事がいまだ完成《かんせい》していないのに、日本政府《せいふ》の意向で去ること、まことに残念《ざんねん》です。必《かなら》ず近い将来《しょうらい》日本政府《せいふ》がこの造船所《ぞうせんじょ》を完成《かんせい》させ、ここでの教育と事業の成功《せいこう》を、国の内外にしめされることを私《わたし》の喜《よろこ》びとしたい。」

無念《むねん》さを胸《むね》いっぱいに秘《ひ》めて、ヴェルニーは、それまでの横須賀製鉄所《よこすかせいてつじょ》での仕事の報告書《ほうこくしょ》をまとめて明治政府《めいじせいふ》に提出《ていしゅつ》し、

「オールヴォワール（さようなら）、サヨナラ横須賀《よこすか》。」

十年ものあいだ働《はたら》いた横須賀《よこすか》を後にして、多くの関係《かんけい》者、教え子たち、横須賀《よこすか》の人々におしまれながら、家族と共《とも》にフランスへ帰っていった。

かれはフランスへ帰国後、海軍《かいぐん》に勤務《きんむ》し、後に鉱山《こうざん》の経営《けいえい》にもたずさわり、七十歳《さい》で永眠《えいみん》。

今でもヴェルニーの子孫《しそん》たちは、日本を愛《あい》し、日本で仕事をしたフランソア・レオンス・ヴェルニーの業績《ぎょうせき》を誇《ほこ》りとして語りついでいるという。

横須賀《よこすか》では毎年、ヴェルニーと小栗上野介《おぐりこうずけのすけ》の業績《ぎょうせき》をたたえる式典《しきてん》が開かれている。

なぜならば、横須賀製鉄所《よこすかせいてつじょ》がなければ、明治《めいじ》の日本の近代化は成《な》されなかったからだ。富岡《とみおか》製糸場《せいしじょう》の機械《きかい》も、生野銀山《しょうのぎんざん》の工具も横須賀製鉄所《よこすかせいてつじょ》でつくられた。

横須賀造船所《よこすかぞうせんじょ》（元横須賀製鉄所《よこすかせいてつじょ》）は現在《げんざい》、アメリカ軍《ぐん》の横須賀基地《よこすかきち》の中にある。

ヴェルニーが設計《せっけい》し、日本人が石積《いしづ》みをした船の第一号ドックは、製鉄所《せいてつじょ》の地ならしから百五十年たつ今なお健在《けんざい》で、船の建造《けんぞう》や修理《しゅうり》の役目を果《は》たしている。

そのドックを「横須賀製鉄所《よこすかせいてつじょ》の生みの親」のあごひげをたくわえたヴェルニーと、「明治維新《めいじいしん》の父」とたたえられる武家姿《ぶけすがた》の小栗上野介《おぐりこうずけのすけ》の像《ぞう》が、ヴェルニー公園と名づけられた対岸から、今日も静《しず》かに見つめている。

できることなら……とぼくは思う。大正時代《たいしょう》に朝倉文夫《あさくらふみお》が最初《さいしょ》につくったふたりの像《ぞう》が見たかった。おそらく、話しかけるとうなずいてくれそうな、魂《たましい》の宿った像《ぞう》だったにちがいない。

おもしろ雑学《ざつがく》2

フランス人技師《ぎし》たちが日本にもたらしたものとは!?

新しい単位《たんい》や習慣《しゅうかん》
各地《かくち》に残《のこ》る建造物《けんぞうぶつ》!

初《はじ》めて見るメートル法《ほう》

現在《げんざい》、長さや面積《めんせき》の単位《たんい》はメートル法《ほう》を使っているが、メートル法《ほう》が日本で実施《じっし》されたのは、一九五九（昭和《しょうわ》三十四）年である。横須賀製鉄所建設《よこすかせいてつじょけんせつ》当時の日本では、尺貫法《しゃっかんほう》を使っていた。

尺貫法《しゃっかんほう》

長さの単位《たんい》

1丈《じょう》＝3.03m

1尺《しゃく》＝30.3㎝

1寸《すん》＝3.03㎝

1分《ぶ》＝3㎜

※貫《かん》は重さの単位《たんい》

日曜日を休日に

日本には一八七六（明治《めいじ》九）年まで、曜日がなかったが、横須賀《よこすか》製鉄所《せいてつじょ》では、フランスの習慣《しゅうかん》をとり入れ、日曜日を休日としていた。日曜日になるとフランス人技師《ぎし》たちは、横須賀製鉄所内《よこすかせいてつじょない》に建《た》てた礼拝堂《れいはいどう》へ礼拝《れいはい》に訪《おとず》れていた。

この礼拝堂《れいはいどう》は、ヴェルニーが気に入った建物《たてもの》のひとつといわれている。

横須賀製鉄所《よこすかせいてつじょ》内の礼拝堂《れいはいどう》。

観音埼灯台《かんのんさきとうだい》（神奈川県《かながわけん》）

三浦《みうら》半島の東端《とうたん》に位置《いち》する観音《かんのん》埼灯台《さきとうだい》は、日本で最初《さいしょ》の洋式灯台《とうだい》として、フランス人技師《ぎし》ヴェルニーにより設計《せっけい》、同技師《ぎし》フロランによって建設《けんせつ》された。

この初代観音埼灯台《しょだいかんのんさきとうだい》は、横須賀《よこすか》製鉄所製《せいてつじょせい》の煉瓦《れんが》が使われた四角い洋館風の建築《けんちく》であった。一九二三（大正《たいしょう》十二）年の地震《じしん》で倒壊《とうかい》し、翌年《よくねん》建《た》てかえられ、同年、関東大《かんとうだい》震災《しんさい》により亀裂《きれつ》等が生じ再建《さいけん》された。現在《げんざい》は三代目である。

ヴェルニーの設計《せっけい》による灯台《とうだい》は他にも野島埼灯台《のじまさきとうだい》（千葉《ちば》県）、品川灯台《しながわとうだい》（東京《とうきょう》都）、城ヶ島灯台《じょうがしまとうだい》（神奈川《かながわ》県）がある。

1869（明治《めいじ》2）年に建設《けんせつ》された初《しょ》代観音埼灯台《だいかんのんさきとうだい》。

富岡製糸場《とみおかせいしじょう》（群馬《ぐんま》県）

富岡製糸場《とみおかせいしじょう》は横須賀製鉄所《よこすかせいてつじょ》にいたフランス人技師《ぎし》バスティアンが設計《せっけい》した建造物《けんぞうぶつ》である。二〇一四（平成《へいせい》二十六）年、世界遺産《いさん》に登録《とうろく》されている。

富岡製糸場《とみおかせいしじょう》。

第三話

東《とう》京《きょう》駅

(東京都《とうきょうと》)

駅舎復原《えきしゃふくげん》にいたる険《けわ》しく長い道のり

1914(大正《たいしょう》3)年、完成《かんせい》当時の東京《とうきょう》駅丸《まる》の内《うち》口(毎日新聞社より)

東京《とうきょう》駅

二〇一四年十二月十八日の早朝。私《わたし》は、代々木《よよぎ》駅から電車に乗った。

午前六時少し前、まだ暗い。東京《とうきょう》駅で降《お》りると丸《まる》の内側《うちがわ》の出口から駅前に出る。

中央線快速《かいそく》の始発は、午前四時三十九分だから、もうとっくに東京《とうきょう》駅は目覚《めざ》めている。六時には、新幹線《しんかんせん》が走り出す。九州《きゅうしゅう》へ。北陸《ほくりく》へ。東北《とうほく》へ。そう考えると、やっぱり東京《とうきょう》駅は、日本の中央駅なのだと改《あらた》めて思う。

私《わたし》は、ゆっくりと歩く。ついこの前まで、ここ東京《とうきょう》駅は私《わたし》の仕事の現場《げんば》だった。私《わたし》の仕事は、建築設計《けんちくせっけい》会社の建築士《けんちくし》。私《わたし》が建築士《けんちくし》になりたいと思ったのは、十一歳《さい》の時だ。新宿《しんじゅく》パークタワーを見上げて、「すごいなあ。こんなすごいものをどうやってつくるのだろう」と思ったことから始まった。建物《たてもの》の図面をつくる設計《せっけい》という仕事にあこがれ続《つづ》けて、建築《けんちく》を勉強した。いや、今も勉強のとちゅうだ。私《わたし》がこの東京《とうきょう》駅の修復《しゅうふく》を担当《たんとう》して、もうかれこれ五年近く。仕事が終わり、こうやって丸《まる》の内《うち》の正面から東京《とうきょう》駅を見るのはしばらくぶりだ。ここに来ると、いろいろなことが思い出される。

この駅が建《た》てられることになった時代までさかのぼって、歴史《れきし》のこと、建物《たてもの》の構造《こうぞう》、この建《たて》物《もの》を保存《ほぞん》するためにどのような工事をするのか、毎日毎日が東京《とうきょう》駅との格闘《かくとう》のようだった。

しかしそれは、百年以上《いじょう》前に生きていた人々の工夫《くふう》を発見し、苦労《くろう》を知る感動の連続《れんぞく》でもあり、学びの多い仕事《しごと》だった。

明治《めいじ》の東京《とうきょう》

丸《まる》の内《うち》のビルが立《た》ち並《なら》ぶ今の東京《とうきょう》駅に立って、明治《めいじ》の初《はじ》めのころ、ここが三菱《みつびし》ヶ原《がはら》と呼《よ》ばれる広い野原であったことを、だれが想像《そうぞう》できるだろう。

江戸《えど》時代には※参勤交代《さんきんこうたい》があり、たくさんの武家屋敷《ぶけやしき》がこのあたりにも建《た》てられ、丸《まる》の内《うち》と呼《よ》ばれていた。ところが明治維新《めいじいしん》で、武士《ぶし》が江戸屋敷《えどやしき》を引きはらい自分の国に帰ってしまったの

※参勤交代《さんきんこうたい》　江戸《えど》時代、大名が領地《りょうち》をはなれて、一定期間を江戸《えど》で過《す》ごさなければならない制度《せいど》。

で、江戸《えど》の人口は減《へ》ってしまう。丸《まる》の内《うち》の大名屋敷《だいみょうやしき》の跡地《あとち》には、皇居《こうきょ》を守る兵営《へいえい》などが建《た》てられていたが、火事で焼《や》けて野原になってしまったのだ。

明治政府《めいじせいふ》は、新しい兵営《へいえい》を建《た》てるお金がなかったので、大会社三菱《みつびし》の岩崎弥之助《いわさきやのすけ》に野原を買ってくれと持ちかけた。三菱《みつびし》は坂本龍馬《さかもとりょうま》の仲間《なかま》の岩崎弥太郎《いわさきやたろう》が起こした会社で、弥之助《やのすけ》は弥太郎《やたろう》の弟だ。

「この野原、竹やぶにして虎《とら》でも飼《か》うかな。政府《せいふ》のたのみだ。買いましょう。」

三菱《みつびし》は、明治政府《めいじせいふ》に大金を用立てたという。それが三菱ヶ原《みつびしがはら》だ。

欧米《おうべい》にならって近代化が進んでくると、鉄道がしかれて路線も増《ふ》えてきた。

「三菱ヶ原《みつびしがはら》を、ロンドンのようなビルの立ち並《なら》ぶオフィス街《がい》にしよう。」

三菱《みつびし》は三菱ヶ原《みつびしがはら》にビルを建《た》てて、丸《まる》の内《うち》オフィス街《がい》をつくり始め、政府《せいふ》が招《まね》いた建築家《けんちくか》、コンドルの図面によるビルが丸《まる》の内《うち》にいくつも建《た》てられた。

「政府《せいふ》としては、道路や鉄道の路線をきちんと決めておかなければなりませんな。」

「丸《まる》の内《うち》に停車場《ていしゃじょう》をつくってはどうでしょう。」

一八九三（明治《めいじ》二十六）年、政府《せいふ》は、東西南北からのびてくる路線をまとめて東京《とうきょう》中央の丸《まる》の内《うち》でつなぐ都市計画を立て、ドイツ人鉄道技師《ぎし》ルムシュッテルやバルツァーを招《まね》いて鉄道網《もう》構想《こうそう》を練らせた。バルツァーは、中央停車場《ていしゃじょう》の駅舎《えきしゃ》の図案《ずあん》を政府《せいふ》に渡《わた》した。

「日本の古き伝統《でんとう》を駅舎《えきしゃ》で表現《ひょうげん》してみました」という印象《いんしょう》のその図案《ずあん》には、レンガ造《づく》り二階建《だ》ての駅舎《えきしゃ》に、瓦屋根《かわらやね》をのせ、玄関《げんかん》入り口には※唐破風《からはふ》の屋根がある。

ところが、日本は清国《しんこく》（中国）に続《つづ》きロシアと戦争《せんそう》を始めた。戦争《せんそう》にお金がかかるので、東《とう》京《きょう》の鉄道網《もう》を中央にまとめる計画は、なかなか進まず、バルツァーはドイツに帰ってしまった。

辰野金吾《たつのきんご》の仕事

中央停車場《ていしゃじょう》を設計《せっけい》することになったのは、辰野金吾《たつのきんご》である。辰野金吾《たつのきんご》は、日本の建築史《けんちくし》の教科書で最初《さいしょ》に出てくる日本人だ。

明治《めいじ》時代には、西洋の建物《たてもの》を建《た》てることは「造家《ぞうか》」、デザインを「図案《ずあん》」といい、建築《けんちく》とい

※**唐破風《からはふ》**　左右両端《りょうはし》がカーブし、中央部分が盛《も》り上がっている屋根の造形《ぞうけい》。

う言葉はまだなかった。

辰野金吾《たつのきんご》は、政府《せいふ》が開いた工部大学校造家《ぞうか》学科（後の東京《とうきょう》大学工学部建築《けんちく》学科）の一期生で、英国《えいこく》から招《まね》かれたコンドルに学び、首席《しゅせき》で卒業《そつぎょう》してロンドンに留学後《りゅうがくご》、工部大学校で教えた。生まれは幕末《ばくまつ》の※唐津藩《からつはん》で、鉄砲隊《てっぽうたい》にいた。きまじめな努力《どりょく》の人だ。

「地震《じしん》にも爆撃《ばくげき》にもたえるように」という明治政府《めいじせいふ》の注文を受け、日本銀行を設計《せっけい》。その他にも日本全国に二百余《あま》りの建物《たてもの》をつくっている。辰野金吾《たつのきんご》の西洋式の建物《たてもの》は、すこぶるがんじょうで、「辰野堅固《たつのけんご》」と呼《よ》ばれたほどである。

「中央停車場《ていしゃじょう》の建設予算《けんせつよさん》は四十二万円で」という話は、はやくから辰野《たつの》のもとに来ていた。辰《たつ》野《の》は東京《とうきょう》の顔ともいえる中央停車場《ていしゃじょう》の図案《ずあん》を、大変《たいへん》な意気ごみでかいた。しかし※日露戦争《にちろせんそう》が起こり、政府《せいふ》は中央停車場《ていしゃじょう》どころではなかったのか、その後一向に何もいってこない。

「中央停車場《ていしゃじょう》の仕事は、ぜひやりたいが、もうだめになったのかもしれない。」

そう思いながらも、辰野金吾《たつのきんご》はレンガ造《づく》りの二階建《だ》て駅舎《えきしゃ》の図案《ずあん》をあたためていた。

建設《けんせつ》計画の話が来て、基本案《あん》の図面をかいたのに計画が立ち消えになることは、建築《けんちく》の仕事

※唐津藩《からつはん》　今の佐賀《さが》県を領地《りょうち》とした藩《はん》。
※日露戦争《にちろせんそう》　1904〜1905年に日本とロシアのあいだで起きた戦争《せんそう》。

をしているとよくあることだ。がっかりもするが、それに負けてはいられない。

日露戦争《にちろせんそう》が終わっても、建物《たてもの》の資材《しざい》は不足《ふそく》していた。関西《かんさい》での仕事で資材変更《しざいへんこう》のやりくりに追われる辰野《たつの》は、とつぜん政府《せいふ》から呼《よ》び出された。

「中央停車場《ていしゃじょう》の建設《けんせつ》を進めることになった。駅舎《えきしゃ》は、バルツァー案《あん》の和風屋根でなく、辰野《たつの》さん、あなたの西洋風の案《あん》でいきたい。全ての路線をつなぎ合わせる東京《とうきょう》の中央駅となる停車場《ていしゃじょう》は、日本の近代化のシンボルとなるようなものでなければならない。外国人もおどろくようなものを日本人の力でつくってほしい。」

と政府側《せいふがわ》の責任者《せきにんしゃ》である後藤新平《ごとうしんぺい》はいう。

「もちろんです。全力を尽《つ》くします。」

辰野《たつの》は、飛《と》び上がるほどうれしかった。

「とうとう、決まった。建設予算《けんせつよさん》も七倍の二百八十万円に増《ふ》やしてもらえた。ようし、やるぞ。」

一九〇七（明治《めいじ》四十）年暮《く》れのことである。

鉄道院総裁《そうさい》の後藤新平《ごとうしんぺい》の都市計画は実現《じつげん》しそうもない大風呂敷《おおぶろしき》、と陰口《かげぐち》もいわれたが、後藤《ごとう》新平《しんぺい》は医師《いし》でもあり、市民《しみん》のくらしが良《よ》くなることに情熱《じょうねつ》をそそぐ政治家《せいじか》であった。

「鉄道は日本の国の大動脈《だいどうみゃく》になる。流れを良《よ》くしなければわが国の近代化は進まない。そのための中央停車場《ていしゃじょう》だ。」

後藤新平《ごとうしんぺい》は迷《まよ》うことなく、二十年も進まなかった中央停車場《ていしゃじょう》の実現《じつげん》につき進んだ。

それに応《こた》えるように、辰野金吾《たつのきんご》も中央停車場《ていしゃじょう》の設計《せっけい》に没頭《ぼっとう》した。

辰野金吾《たつのきんご》は、これまでの図案《ずあん》を二階建《だ》てから三階建《だ》てに変更《へんこう》した。皇居《こうきょ》に向かって三百三十五メートル横に広がり、南と北に二つの大きなドームを頂《いただ》いた城《しろ》のような荘厳《そうごん》さを持つ西洋建《けん》築《ちく》の駅舎《えきしゃ》の、外観立面図《がいかんりつめんず》と平面図《へいめんず》、内部配置図《はいちず》などの基本案《きほんあん》をかき上げた。それからくわしい実施《じっし》工事用の図面を何百枚《まい》もかかねばならない。それは建物《たてもの》の外観《がいかん》だけでなく、基礎《きそ》工事、鉄《てっ》骨《こつ》、壁《かべ》、空間の仕切り、部屋の内装《ないそう》、装飾《そうしょく》、屋根材《やねざい》の指定、レンガの色、積《つ》み方、水まわりの配管《はいかん》や電気の配線など細かい部分まで図面をつくる。

「これが辰野金吾《たつのきんご》先生の図面か。」

資料《しりょう》として、図面のコピーを見た時、私《わたし》は教科書でしか知らない建築家《けんちくか》を身近に感じた。

ひとつの建物《たてもの》を建《た》てるために、数えきれない図面をかき、寸法《すんぽう》をかき入れる。これが建築設《けんちくせっ》計《けい》の仕事だ。辰野金吾《たつのきんご》は、東京《とうきょう》駅近くの三菱《みつびし》のビルの一室に事務所《じむしょ》を借《か》り、助手たちと検討《けんとう》を重ねながら図面をかいていく。

「金吾《きんご》先生、基礎《きそ》の部分ですが、地震対策《じしんたいさく》の松《まつ》の丸太の杭《くい》を打ちこむ間隔《かんかく》は。」

「縦横《たてよこ》とも二尺《しゃく》（約《やく》六十センチメートル）でたのむ。それで全体の本数を見積《みつ》もってくれ。杭《くい》を打ちこんだ上に鉄骨《てっこつ》を組む。これだけの松《まつ》の杭《くい》を地中深くに打ちこんでおけば、どんな地震《じしん》でも地上部分は動かない。」

辰野金吾《たつのきんご》が指定した松《まつ》の丸太の長さは三間《けん》～四間《けん》。一間《けん》は百八十センチメートルだから七メートル前後の松《まつ》の丸太が一万本以上《いじょう》、駅舎《えきしゃ》の土台の地下に打ちこまれた。

「壁《かべ》の厚《あつ》さは、レンガ二枚《まい》から二枚《まい》半（約《やく》六十センチメートル）。表面に化粧《けしょう》レンガをはる。外壁《がいへき》は赤レンガと白い花崗岩《かこうがん》を使う。ドーム屋根は銅板《どうばん》で、※切妻《きりづま》屋根は天然《てんねん》スレートで葺《ふ》く。」

「金吾《きんご》先生、花崗岩《かこうがん》は茨城《いばらき》の稲田《いなだ》産《さん》ですね。」

「そうだ。どれも最高《さいこう》の品質《ひんしつ》のものを使う。世界に誇《ほこ》る駅をつくるのだから。」

※切妻屋根《きりづま》　への字形の屋根。

一九〇八（明治《めいじ》四十一）年の三月に着工した中央停車場《ていしゃじょう》の工事は、六年九か月後の一九一四（大正《たいしょう》三）年の十二月に全ての工事を終える。

線路に沿《そ》う全長三百三十五メートルの三階建《だ》ての重厚《じゅうこう》な駅舎《えきしゃ》の正面中央は、皇室用玄関《こうしつようげんかん》。右手にそびえる南ドームが乗車客用、左手の北ドームが降車客用《こうしゃきゃくよう》で、駅舎内《えきしゃない》にはホテルもある。

建物《たてもの》の外観《がいかん》は、当時イギリスではやっていたクイーン・アン様式を土台にしており、赤レンガと白い石の帯《おび》は辰野金吾《たつのきんご》のオリジナルデザインで「辰野《たつの》式ルネッサンス」と呼《よ》ばれている。

中央停車場《ていしゃじょう》の駅名をヨーロッパ風に「中央駅」にするか「東京駅《とうきょうえき》」にするかでもめたが、「東京駅《とうきょうえき》」と決まった。記念式典《きねんしきてん》は十二月十八日に大隈重信首相《おおくましげのぶしゅしょう》や辰野金吾《たつのきんご》の他二千人の招待《しょうたい》客《きゃく》が出席し、ひと目見ようと多くの市民《しみん》もつめかけ東京《とうきょう》駅前で盛大《せいだい》に行われた。

「おお、すごい建物《たてもの》だ。こんな立派《りっぱ》なもの、見たことがない。」

「東京《とうきょう》駅は、日本の誇《ほこ》りだ。」

人々の声が、辰野金吾《たつのきんご》の顔をほころばせる。

多くの人々と様々《さまざま》な苦労《くろう》や工夫《くふう》を重ねて建物《たてもの》ができあがり、式典《しきてん》が終わるといつもさびしさが残《のこ》る。仕事が終わるからだけでなく、育てた娘《むすめ》を嫁《よめ》に出した心地だ。嫁《よめ》に出した子どもが多くの人に喜《よろこ》ばれ、役に立ってくれることを親である建築家《けんちくか》は願《ねが》う。

幕末《ばくまつ》に生まれた明治《めいじ》の建築《けんちく》の巨匠辰野金吾《きょしょうたつのきんご》は、東京《とうきょう》駅開業から五年後の一九一九（大正《たいしょう》八）年春、スペイン風邪《かぜ》をこじらせ六十四歳《さい》の生涯《しょうがい》を閉《と》じた。

東京《とうきょう》駅の受難《じゅなん》

建物《たてもの》の建築《けんちく》に関《かか》わった人々がこの世にいなくなっても、建物《たてもの》は残《のこ》る。しっかりしたつくりで、手入れをされている建物《たてもの》は、人の寿命《じゅみょう》の何倍も生きのびる。だから、建築《けんちく》の仕事はやりがいがあるし、また未来《みらい》への責任《せきにん》も重い。

一九二三（大正十二）年九月一日昼。東京《とうきょう》を大地震《じしん》がおそった。※関東大震災《かんとうだいしんさい》である。

あちこちから火の手が上がり、東京《とうきょう》駅にも火の手がせまった。午後十時、駅長が、二十五名の職員《しょくいん》に命令《めいれい》する。

※関東大震災《かんとうだいしんさい》　相模湾《さがみわん》を震源《しんげん》として起こった大地震《じしん》（マグニチュード7.9）による災害《さいがい》。

「これよりわれら、決死隊《たい》となり、東京駅《とうきょうえき》を火の手から守る。全員水をかぶれ。」

職員《しょくいん》の必死《ひっし》の消火活動により、東京駅《とうきょうえき》の駅舎《えきしゃ》は延焼《えんしょう》をまぬがれた。

東京《とうきょう》のいたるところで火は二日間燃え続《つづ》け、東京《とうきょう》の約《やく》半分が焼失《しょうしつ》する。

東京駅《とうきょうえき》のまわりのビルも倒壊《とうかい》したり、焼《や》け落ちたりして、丸《まる》の内《うち》はがれきばかりの焼《や》け野原となった。鉄道省《しょう》も焼《や》け落ちてしまったが、辰野金吾《たつのきんご》の堅固《けんご》な東京駅《とうきょうえき》は大地震《じしん》にあっても無事《ぶじ》であった。

東京駅《とうきょうえき》前は、住まいを失《うしな》って避難《ひなん》してきた多くの人々であふれかえっている。

内務大臣後藤新平《ないむだいじんごとうしんぺい》は、

「すぐに東京駅《とうきょうえき》を人々に開放《かいほう》せよ。ケガ人のための救護所《きゅうごじょ》をつくり、食料《しょくりょう》を運んで救済《きゅうさい》にあたらせよ。」

と命令《めいれい》した。後藤《ごとう》は、火災《かさい》をまぬがれた自分の自宅《じたく》にも避難民《ひなんみん》を招《まね》き入れ、家族にたき出し※をさせている。その後、復興担当大臣《ふっこうたんとうだいじん》となった後藤《ごとう》は、財界《ざいかい》の渋沢栄一《しぶさわえいいち》を動かし「人の命と健康《けんこう》を守る人間中心の都市づくり」を実現《じつげん》するためにまい進した。

※たき出し　災害《さいがい》などの際《さい》に、飯《めし》をたいて大勢《おおぜい》の被災者《ひさいしゃ》に配ること。

鉄道は、震災《しんさい》後三日運休したが、被災者《ひさいしゃ》の移動《いどう》のために大急ぎで復旧《ふっきゅう》がはかられた。

昭和《しょうわ》に入ると、東京《とうきょう》駅に八重洲口《やえすぐち》がもうけられ、一段《いちだん》と便利《べんり》になった。

しかし、昭和《しょうわ》十年代に入ると戦争《せんそう》の色がこくなってくる。東京《とうきょう》駅にも兵隊《へいたい》を見送る姿《すがた》がよく見られるようになった。

※第二次世界大戦《たいせん》中、東京《とうきょう》はアメリカ軍《ぐん》に百回以上《いじょう》の空襲《くうしゅう》を受けている。終戦《しゅうせん》前の一九四五（昭和《しょうわ》二十）年三月十日には東京《とうきょう》大空襲《くうしゅう》で多くの人が亡《な》くなり、百万人を超《こ》える人々が焼《や》け出された。五月二十五日の空襲《くうしゅう》も激《はげ》しく、アメリカの爆撃機《ばくげきき》Ｂ２９が東京《とうきょう》上空から、雨あられのように丸《まる》の内周辺《うちしゅうへん》に焼夷弾《しょういだん》をばらまいた。

東京《とうきょう》駅は鉄道の中央駅なので上空からねらいやすい。ザーッザーッと空から降《ふ》ってくる無数《むすう》の火の玉となった焼夷弾《しょういだん》を浴《あ》びた東京《とうきょう》駅の屋根は、たちまち猛火《もうか》に包《つつ》まれた。必死《ひっし》の消火活動もまったく歯が立たない。明け方、ようやく火を消し止めたが、ドーム屋根を始めとする屋根と駅舎《えきしゃ》三階部分は焼《や》け落ちていた。

それからの東京《とうきょう》駅は屋根のないままで、雨の日は駅舎《えきしゃ》の中でも傘《かさ》をさしていた。

※第二次世界大戦《たいせん》　1939年から始まり、1945年8月日本の降伏《こうふく》で終わる戦争《せんそう》。

東京駅《とうきょう》が屋根を失《うしな》った三か月後に戦争《せんそう》が終わると、日本はアメリカ軍《ぐん》の管理《かんり》下におかれる。

終戦《しゅうせん》の翌年《よくねん》、戦争《せんそう》から立ちなおり復興《ふっこう》を目指す市民《しみん》のあいだから鉄道復興運動《ふっこううんどう》が起こり、東《とう》京《きょう》駅の再建《さいけん》が決まった。第五代東京駅《とうきょう》駅長は、

「焼失《しょうしつ》前の、あの堂々《どうどう》としたドーム屋根の※復原《ふくげん》を。」

と希望《きぼう》したが、予算が少なく三階建《だ》ての駅舎《えきしゃ》は二階建《だ》てに、南北のドーム屋根は八角形の屋根に変更《へんこう》され、一年足らずの工事で一九四七（昭和《しょうわ》二十二）年三月に完成した。

保存《ほぞん》＋復原《ふくげん》工事

終戦《しゅうせん》後の姿《すがた》のまま、東京駅《とうきょう》に六十年の月日が流れた。
電車の方は、そのあいだに目覚《めざ》ましい進化をとげ、九州《きゅうしゅう》や北海道《ほっかいどう》まで新幹線《しんかんせん》が走る時代だ。丸《まる》の内《うち》に戦後《せんご》建《た》てられたビル群《ぐん》も、次々とさらに高いビルに建《た》てかえられていく。
ビルには耐用《たいよう》年数がある。コンクリートや鉄骨《てっこつ》にも寿命《じゅみょう》というものがあるからだ。それから

※復原《ふくげん》　建物《たてもの》の改造《かいぞう》の痕跡《こんせき》をもとに、改造《かいぞう》前の姿《すがた》に戻《もど》すこと。これに対し「復元《ふくげん》」は失《うしな》われて消えたものを、かつての姿《すがた》どおり新たにつくること。

すると、東京駅《とうきょうえき》の駅舎《えきしゃ》は戦災《せんさい》で屋根を変《か》えたとはいえ、かれこれ九十年以上《いじょう》たっているお年寄《としよ》りだ。

「東京駅《とうきょうえき》を高層《こうそう》ビルに建《た》てかえては?」という意見も出たが、「このまま保存《ほぞん》する」ということになった。それでも、建物《たてもの》自体の傷《いた》みはなんとかしなければならないし、首都直下型地震《がたじしん》の対策《たいさく》も最先端《さいせんたん》の技術《ぎじゅつ》で行わなければならない。それもできるだけはやく。

「保存《ほぞん》するなら、復原《ふくげん》すべきだ。」

東京駅《とうきょうえき》の建物《たてもの》が重要文化財《じゅうようぶんかざい》に指定されてからは、そうしなければならない流れになった。

これは歴史的《れきしてき》大工事だ。関《かか》わる建築《けんちく》会社や建築士《けんちくし》、土木技師《ぎし》、職人《しょくにん》や工事関係《かんけい》者、何万人もの力を総合《そうごう》して行うのだ。

私《わたし》たちは何度も会議《かいぎ》を行い、辰野金吾《たつのきんご》先生のつくった東京駅《とうきょうえき》の建物《たてもの》の地下や内部の調査《ちょうさ》をして、工事の方針《ほうしん》を決めた。

「ドームの復原《ふくげん》」「赤レンガ駅舎《えきしゃ》の現存《げんぞん》する部分を可能《かのう》なかぎり保存《ほぞん》」「駅舎《えきしゃ》を恒久的《こうきゅうてき》に保存《ほぞん》しながら、駅・ホテル・ギャラリーとして活用する」の三つである。

失《うしな》われたドームや三階部分など、新しい図面をつくる作業は大変《たいへん》だったが、現代《げんだい》の図面はパソコンでかいていく。コピーやファックス、インターネットなど本当に便利《べんり》で、大いに助けられている。この技術《ぎじゅつ》の進歩の恩恵《おんけい》を百年前に重ねて考えると、当時の苦労《くろう》は想像《そうぞう》をはるかに超《こ》えるだろう。

東京駅《とうきょうえき》は日本の鉄道網《もう》の心臓《しんぞう》だ。心臓《しんぞう》を止めるわけにはいかない。一日に七十万人を超《こ》える人々がこの駅を利用《りよう》するので、乗降客《じょうこうきゃく》や列車の発着に工事の影響《えいきょう》をあたえない「いながら工事」をしなければならない。利用者《りようしゃ》のいない夜中も工事をする。

駅舎《えきしゃ》は地震《じしん》が起こっても建物《たてもの》に影響《えいきょう》をあたえない最先端《さいせんたん》の免震《めんしん》工事のため、地下で建物《たてもの》全体をジャッキで持ち上げることになった。巨大《きょだい》な駅舎《えきしゃ》は全長三百三十五メートル、総重量《そうじゅうりょう》七万トンもあるが、現代《げんだい》の技術《ぎじゅつ》は、これを持ち上げ支《ささ》えたのである。

免震《めんしん》の工事をするために地下をほり下げると、出てきたものがあった。

「これが辰野金吾《たつのきんご》先生の打ちこんだ松《まつ》の丸太か。」

私《わたし》は、それを見て辰野金吾《たつのきんご》先生に会ったような気がした。

便利《べんり》な機械《きかい》の少ない百年前に、丸太を打ちこんだ人々の手のあとが付《つ》いている丸太でもある。それを今回残《のこ》らずとりのぞいて、深さ二十メートルまでほり下げ、最先端《さいせんたん》の免震装置《めんしんそうち》の杭《くい》を重《じゅう》機《き》で深く打ちこんだ。

駅舎《えきしゃ》の失《うしな》われたドームもなかなか苦労《くろう》した。ドーム内部の装飾《そうしょく》には十二支《じゅうにし》のうちの八つのレリーフがあったのだが、それを復原《ふくげん》するために全国の辰野金吾《たつのきんご》の建築物《けんちくぶつ》を見てまわった。

ドームの屋根や装飾《そうしょく》を銅板《どうばん》でおおう板金職人《ばんきんしょくにん》は、「たたき出し」や「へらしぼり」という技《わざ》を見せてくれた。日本に十人しかいないスレート職人《しょくにん》が屋根で見事な一文字葺《いちもんじぶ》き※をしてくれた。

内部の壁《かべ》をぬる漆喰《しっくい》も、貝灰《かいばい》やすさ※を配合して百年前のものを職人《しょくにん》が再現《さいげん》した。

「見てください、これが復原《ふくげん》する『ふく輪目地《りんめじ》』です。」

赤レンガの目地《めじ》を入れている職人《しょくにん》が私《わたし》に見せた。目地《めじ》はレンガのすき間をうめるものだが、辰野金吾《たつのきんご》先生が指定したのは、その目地《めじ》にさえ表情《ひょうじょう》をあたえ、赤レンガを美しく見せる、せんさいな技《わざ》だった。建築家《けんちくか》辰野金吾《たつのきんご》の感性《かんせい》が建物《たてもの》のすみずみまで宿っていると思った。

百年前の様々《さまざま》な優《すぐ》れた職人《しょくにん》の技《わざ》が、東京駅《とうきょうえき》復原《ふくげん》の仕事を通して息をふき返し、若《わか》い弟子に伝《つた》

※一文字葺《いちもんじぶ》き　屋根の水平方向が一直線になるように、屋根を建材《けんざい》でおおう手法《しゅほう》。
※すさ　壁土《かべつち》に混《ま》ぜて、ひび割《わ》れを防《ふせ》ぐ材料《ざいりょう》。

えられる瞬間《しゅんかん》を何度も目にした。

あげるときりがないが、私《わたし》たちは現代《げんだい》の技術《ぎじゅつ》、知恵《ちえ》と工夫《くふう》を出し尽《つ》くし、のべ八十六万人が、駅舎《えきしゃ》の復原《ふくげん》＋保存《ほぞん》工事に力を結集《けっしゅう》して働《はたら》いた。

こうして毎日七十万人が駅を利用《りよう》するその安全を考えながら、建物《たてもの》全体を進化・強化させる工事は、五年と半年で終わりをむかえた。

それは、ついこのあいだに思えるが、もう二年前のことなのだ。

あたりが明るくなってきた。日の出だ。東京駅《とうきょうえき》の赤レンガの長い駅舎《えきしゃ》が、堂々《どうどう》とした王冠《おうかん》のような二つのドームを頂《いただ》いて、新しい朝の光の中でそびえている。

私《わたし》はその姿《すがた》をあおぎながらつぶやいた。

「東京駅《とうきょうえき》。百歳《さい》のお誕生日《たんじょうび》おめでとう。辰野金吾《たつのきんご》先生、あなたの分身であるこの東京駅《とうきょうえき》は、きっとあと百年、人々に勇気《ゆうき》をあたえ続《つづ》けると思います。」

私《わたし》は、それをいいたくて、今日という日にここに来た。今や東京駅《とうきょうえき》は、私《わたし》の分身でもある。

百年前の今日、辰野金吾《たつのきんご》先生は、ここに立って時の首相大隈重信《しゅしょうおおくましげのぶ》と完成《かんせい》したばかりの東京駅《とうきょうえき》をながめていたのだ。

まわりを見れば、白い息をはきながら足早に駅を目指す人ばかり。

東京駅《とうきょうえき》は今日も一日、人々をむかえ入れ、送り出す。人々の出会いや別《わか》れ、喜《よろこ》びや悲しみ、とまどいや希望《きぼう》が、これほど多く通り過《す》ぎていく場所はない。

いつまでも東京駅《とうきょうえき》をながめていたいが、そうはいかない。東京駅《とうきょうえき》は今日も美しく堂々《どうどう》と建《た》っていて、立派《りっぱ》に多くの人の役に立っている。

「よし、行くか。」

私《わたし》は、足早な人々にまじり駅の入り口に向かった。会社で待っている新しい図面をかくために……。

辰野《たつの》金吾《きんご》が設計《せっけい》した建造物《けんぞうぶつ》

全国各地《かくち》で
今でも見られる!

イギリスに留学《りゅうがく》し西洋建築《けんちく》を学んだ辰野金吾《たつのきんご》は、日本の西洋建築《けんちく》の発展《はってん》に貢献《こうけん》し、数々の建造物《けんぞうぶつ》を全国に残《のこ》している。

北海道《ほっかいどう》

日本銀行小樽支店《おたるしてん》
(現《げん》日本銀行 旧小樽支店金融資料館《きゅうおたるしてんきんゆうしりょうかん》)

日本函館《はこだて》図書館書庫

岩手県《いわて》

盛岡《もりおか》銀行本店
(現岩手《げんいわて》銀行赤レンガ館《かん》)

福島県《ふくしま》

猪苗代《いなわしろ》第二発電所※
※辰野金吾《たつのきんご》が監修《かんしゅう》としてたずさわっている。

東京都《とうきょう》

日本銀行本店本館

京都府《きょうとふ》

日本銀行京都支店《きょうとしてん》(現京都府京都文化博物館別館《げんきょうとふきょうとぶんかはくぶつかんべっかん》)
山口《やまぐち》銀行京都支店《きょうとしてん》(現《げん》DEAN《ディーン》 &《アンド》 DELUCA《デルーカ》京都《きょうと》店)
日本生命保険《ほけん》会社京都支店《きょうとしてん》(現《げん》日本生命京都三条《きょうとさんじょう》ビル)

奈良県《なら》

奈良《なら》ホテル

大阪府《おおさかふ》

大阪《おおさか》市中央公会堂《どう》
大阪《おおさか》教育生命保険《ほけん》
（現《げん》オペラ・ドメーヌ高麗橋《こうらいばし》）
日本銀行大阪支店《おおさかしてん》
加島《かじま》銀行池田支店《いけだしてん》（現《げん》河村《かわむら》商店）
潮湯別館《しおゆべっかん》（現《げん》南天苑《なんてんえん》本館）
浜寺《はまでら》公園駅

兵庫《ひょうご》県

第一銀行神戸支店《こうべしてん》（現《げん》みなと元町《もとまち》駅）

福岡《ふくおか》県

明治専門《めいじせんもん》学校守衛所《しゅえいじょ》（現《げん》九州《きゅうしゅう》工業大学守衛所《しゅえいじょ》）
松本《まつもと》家住宅《じゅうたく》（現《げん》西日本工業倶楽部《くらぶ》）
百三十《ひゃくさんじゅう》銀行八幡《やはた》支店（現《げん》北九州《きたきゅうしゅう》市立旧百三十《きゅうひゃくさんじゅう》銀行ギャラリー）
日本生命保険《ほけん》会社九州《きゅうしゅう》支店（現《げん》福岡《ふくおか》市赤煉瓦《あかれんが》文化館）

佐賀《さが》県

武雄温泉新館《たけおおんせんしんかん》・楼門《ろうもん》※
※辰野金吾《たつのきんご》が手がけた
数少ない和風建築《けんちく》。

大分《おおいた》県

二十三《にじゅうさん》銀行本店（現《げん》大分《おおいた》銀行赤レンガ館）

第四話

東《とう》京《きょう》タワー

（東京都《とうきょう》）

命がけの建設《けんせつ》！　世界一のタワー

東京《とうきょう》タワー建設作業《けんせつさぎょう》の様子《ようす》

東京《とうきょう》のシンボル

ここは、病院のリハビリ室。今、ひと休み中だ。この病院は、どの窓《まど》からも東京《とうきょう》タワーがよく見える。私《わたし》は八十をこえて、腰《こし》をやられたが、じっと東京《とうきょう》タワーを見つめる片足《かたあし》をいためた小学生がいるので話しかけてみた。

「君は、東京《とうきょう》タワーが好《す》きなの？」

「うん。ぼくね、父さんと外階段《かいだん》で東京《とうきょう》タワーの展望《てんぼう》台までのぼったことがあるんだ。足が治《なお》ったらまたのぼりたいなあ。」

「へえ、エレベーターじゃなくて、外階段《かいだん》でのぼったのか。すごいなあ。」

「おじさんも、東京《とうきょう》タワー好《す》き？」

「もちろんさ。でもおじさんの場合は、好《す》きなんてもんじゃないな。おじさんは、若《わか》いころ、あの東京《とうきょう》タワーを建《た》てる現場《げんば》にいたからね。東京《とうきょう》タワーは、他人じゃない。何というか分身みたいなもんだ。」

「おじさんが、あの東京《とうきょう》タワーをつくったの？　ねえ、どうやってつくったの。教えてよ。」

「話せば長くなるし、ほら、呼《よ》んでるぞ。またリハビリ開始だ。おじさんが、覚《おぼ》えていることをかいておくよ。かけたら君にわたそう。それでいいかい。」

「いいよ。ぼく、三週間はここに通うから。おじさん、思い出してかいておいてね。約束《やくそく》だよ。ぼくね、夜の東京《とうきょう》タワーも好《す》きなんだ。」

この小学五年生の少年との約束以来《やくそくいらい》、私《わたし》は病室でノートパソコンに向かうようになった。

高さ三百三十三メートルの東京《とうきょう》タワーは、観光《かんこう》のための展望《てんぼう》台だと思う人もいるけれど、テレビやラジオの電波を飛《と》ばす放送アンテナをそのてっぺんに設置《せっち》した電波塔《とう》なのだ。

東京《とうきょう》タワーを建《た》て、運営管理《うんえいかんり》しているのは通産省《つうさんしょう》でも東京《とうきょう》都でもない。「日本電波塔株式会社《とうかぶしきがいしゃ》」だ。今から六十数年前、その会社をつくり、東京《とうきょう》タワーを建《た》てるために走りまわった人がいた。

そして、当時世界のだれも挑戦《ちょうせん》したことのない高さの塔《とう》を設計《せっけい》した博士《はかせ》、目のくらむ高さの天空で、鉄骨《てっこつ》を組み立てていった人たちがいたのだ。

私《わたし》は、幸運なことに入社したばかりの建設《けんせつ》会社の社員としてその仕事に関《かか》わった。

思い出してみると、まるで昨日《きのう》のことのように次々にいろいろな光景《こうけい》が浮《う》かんでくる。

「東京《とうきょう》タワーが好《す》きだ」というひとりの小学生の読者に、私《わたし》の見たこと聞いたことをかき始めたことで、リハビリや病院のベッド生活は、はりのある楽しいものになった。

壮大《そうだい》な夢《ゆめ》を追う男

一九五六（昭和《しょうわ》三十一）年の十月、南大阪《みなみおおさか》に通天閣《つうてんかく》が復活《ふっかつ》した。

「高さ百三メートルか。えらい高さやな。」

通天閣《つうてんかく》を見上げてそうつぶやいたのは、六十三歳《さい》の前田久吉《まえだひさきち》。この時、大阪《おおさか》新聞社、産経《さんけい》新聞社の社長で国会議員《ぎいん》、実業家で政治家《せいじか》というパワフルなおじさんだ。

一九五三（昭和《しょうわ》二十八）年にＮＨＫ《エヌエイチケイ》がテレビ放送を始めており、前田久吉《まえだひさきち》も新たにつくった会社、関西《かんさい》テレビ放送の申請《しんせい》を行ったばかりである。

「東京産経会館《とうきょうさんけい》の方に手がかかってしもうて放送事業に遅《おく》れをとったが、これからはテレビ放送の時代や。テレビ局が東京《とうきょう》にも大阪《おおさか》にもぎょうさん（たくさん）できた。各社《かくしゃ》の放送電波をひとつのアンテナにまとめなあかん。そのためには、通天閣《つうてんかく》よりもっと高いテレビ塔《とう》を建《た》てたろやないか。世のため人のためになる仕事も、会社の生き残《のこ》りをかけた事業も、先手必勝《ひっしょう》や。トップが即決断《そくけつだん》できなければ、たくさんの人に損害《そんがい》をあたえ、従業員《じゅうぎょう》が路頭に迷《まよ》う。」

えがく夢《ゆめ》もやろうとする仕事も、大胆《だいたん》で壮大《そうだい》な前田久吉《まえだひさきち》は、一度決めるとがむしゃらに努力《どりょく》してやりとげる男だった。久吉《ひさきち》は一八九三（明治《めいじ》二十六）年、大阪天下茶屋《おおさかてんがちゃや》の農家に生まれたが、兄弟が多く、家は貧《まず》しく、小学校を出てすぐ、しんせきの新聞販売店《はんばい》で働《はたら》いた。知恵《ちえ》と努《ど》力《りょく》と行動力で「新聞王」と呼《よ》ばれるまでにのぼりつめた人物である。

電波塔《とう》のことが頭をはなれないまま、視察《しさつ》でサンフランシスコを訪《おとず》れた前田《まえだ》はひらめいた。

「これや、このゴールデンゲイトブリッジを空に向かって建《た》てれば、いけるんやないか。」

これが、前田《まえだ》には巨大《きょだい》電波塔《とう》のイメージとなった。ゴールデンゲートブリッジはまっすぐにのびる赤い鉄骨《てっこつ》を組んだ橋で、たしかに縦《たて》にすれば塔《とう》になりそうだ。

「まずは、土地と資金《しきん》や。」

久吉《ひさきち》は、東京《とうきょう》の芝公園《しばこうえん》の七千坪《つぼ》の土地に目をつけた。

そのころ他のテレビ局は、それぞれの会社で電波塔《とう》を建《た》てようとしていた。

「電波塔建設《とうけんせつ》は、各《かく》テレビ局が団結《だんけつ》していっしょにやってください。関東《かんとう》一円をサービスエリアにすることが条件《じょうけん》です。」

と郵政省《ゆうせいしょう》は、各《かく》テレビ局が、勝手に電波塔《とう》を建《た》てないようにいう。各《かく》テレビ局の代表が集まり、何度も電波塔建設《とうけんせつ》について話し合いが持たれ、

「それでは、電波塔建設《とうけんせつ》地はＮＨＫ《エヌエイチケイ》にも近い、芝《しば》に決定しましょう。」

と、久吉《ひさきち》の案《あん》に決まった。「よっしゃ」と喜《よろこ》んではばかりはいられない。久吉《ひさきち》には土地の所有者たちを説得《せっとく》しなければならないという、次の難題《なんだい》が待っていた。

芝公園《しばこうえん》の土地の大半は増上寺《ぞうじょうじ》の境内《けいだい》で、一部墓地《ぼち》がふくまれたから、なおのことややこしかった。しかし檀家総代《だんかそうだい》が久吉《ひさきち》の友人だったので、なんとか電波塔建設《とうけんせつ》の土地は確保《かくほ》できた。

電波塔建設《とうけんせつ》の費用《ひよう》はばく大である。久吉《ひさきち》は国に建設資金《けんせつしきん》を応援《おうえん》してほしかったが、政府《せいふ》の財《ざい》

政《せい》は苦しかった。財界《ざいかい》の方《ほう》も※鍋底景気《なべぞこけいき》で、「そんな途方《とほう》もないことに金は出せない」と反対する者が多かった。久吉《ひさきち》はあちらこちらに頭を下げてまわった。ニッポン放送、文化放送、東《とう》映《えい》、松竹《しょうちく》、東宝《とうほう》、大映《だいえい》、東急《とうきゅう》などの会社の社長たちに、電波塔《とう》の会社の役員になってもらうことで、ようやく建設資金《けんせつしきん》集めにめどがついた。眠《ねむ》る間もないほど動きまわって集めた電波塔建《とうけん》設費《せつひ》三十億《おく》円。日本電波塔株式《とうかぶしき》会社の初代《しょだい》社長に就任《しゅうにん》した前田《まえだ》には、次の問題が待っていた。

「電波塔《とう》の土地と、資金《しきん》はめどがついた。あとは、技術《ぎじゅつ》や。なんぼ準備《じゅんび》が進んでも、わしの建《た》てたいのは、フランスのパリのエッフェル塔《とう》より高い世界一の塔《とう》。この仕事を引き受けてくれるお人を探《さが》さなあかん。」

私《わたし》は、前田久吉《まえだひさきち》さんを、遠くからしか見たことがないが、ひとりの人間に、これだけのことができるか、と思うくらいよく働《はたら》く人だった。たしかに先手必勝《ひっしょう》の決断《けつだん》力が社長になければ、会社はすぐつぶれる。業界はどこも競争《きょうそう》が激《はげ》しいからだ。いわれたことをすればいいだけの社員は、それなりに大変《たいへん》かもしれないが、新しい事業を切り開いていく社長という仕事は、本当につらいものだ。いったいだれが、だれも建《た》てたことのない世界一の塔《とう》のために三十億《おく》円とい

※鍋底景気《なべぞこけいき》　景気《けいき》が底《そこ》をついたまま、長く回復《かいふく》しない状態《じょうたい》。

う大金を集める仕事をできるだろう。

塔博士《とうはかせ》

「内藤《ないとう》先生、そういうわけで日本一の電波塔《とう》を建《た》てたいんですわ。聞けば、先生は塔《とう》を設計《せっけい》させたら日本一と聞いてます。通天閣《つうてんかく》も先生の設計《せっけい》ですな。」

前田久吉《まえだひさきち》は、東大《とうだい》を出てアメリカで学んだ経歴《けいれき》を持つ、早稲田《わせだ》大学理工学部名誉教授《めいよきょうじゅ》の内藤《ないとう》多仲博士《たちゅうはかせ》を訪《たず》ねている。一九五七（昭和《しょうわ》三十二）年の初《はじ》めのことだ。

内藤多仲《ないとうたちゅう》は建築《けんちく》の耐震構造理論《たいしんこうぞうりろん》の権威《けんい》で、内藤《ないとう》の構造《こうぞう》計算を土台に建築物《けんちくぶつ》の構造《こうぞう》は決まる。

内藤《ないとう》がそれまで設計《せっけい》をした塔《とう》は六十にものぼるという。

「先生、あかんならあかんというてください。わしは、三百十二メートルを超《こ》える高さの電波塔《とう》をこの日本に建《た》てたいんです。できますやろか。」

内藤多仲《ないとうたちゅう》は、苦笑《にがわら》いをした。

「前田《まえだ》さん、それはパリのエッフェル塔《とう》より高い、世界一の電波塔《とう》をつくるということですね。それはまた……。」

「できませんやろか?」前田久吉《まえだひさきち》は、内藤多仲《ないとうたちゅう》の顔をじっと見つめる。

「そうですね。理論上《りろん》は可能《かのう》です。」

「できるということですね。先生、お願《ねが》いします。世界一の電波塔《とう》をつくってください。」

「やってみましょう。前田《まえだ》さん、ただ電波塔《とう》を建《た》てるだけでは、おもしろくない。せっかくならば、展望台《てんぼう》をつくってたくさんの人に来てもらってはどうでしょう。電波塔《とう》自体も美しければ、観光客《かんこう》もきっと来ますよ。東京《とうきょう》名所になったら、おもしろいですねえ。」

「決まりや。先生、私《わたし》どもとしましては、できればアンテナもふくめて三百八十メートルくらい。電波塔《とう》のとちゅうに展望台《てんぼう》を付《つ》けて、塔《とう》の下の地上部分は五階建《だ》ての建物《たてもの》をお願《ねが》いします。あとは全て、先生のいいようにつくってください。おまかせします。」

「わかりました。弟子たちと、すぐに設計《せっけい》にかかりましょう。」

今なら、コンピューターで構造《こうぞう》計算にかかるところだが、一九五七（昭和《しょうわ》三十二）年当時、内藤《ないとう》は、大正《たいしょう》時代、ドイツから帰った恩師《おんし》にみやげにもらった十四センチメートルほどの計算尺《じゃく》をとり出して、計算を始めた。

計算尺《じゃく》とそろばんを使った手計算による大型建造物《おおがたけんぞうぶつ》は、この東京《とうきょう》タワーが最後《さいご》だといわれている。これよりあとは、コンピューターで計算されるようになった。

「構造《こうぞう》は、コンクリート造《ぞう》にするか、ドイツのテレビ塔《とう》のように……。いや、日本は地震《じしん》が多いから重過《す》ぎると地震《じしん》の影響《えいきょう》を受けてしまう。地震《じしん》と台風のことを考えると、やはり鉄骨構造《てっこつこうぞう》だな。下は重く、上はだんだん軽く。それが耐震《たいしん》の基本《きほん》だ。」

内藤《ないとう》は、電波塔《とう》の全体像《ぞう》をえがいてみる。

「平面は四角形。四角形が一番安定する。立面は、脚部《きゃくぶ》を末広《すえひろ》がりにすると風や地震《じしん》で塔《とう》にかかる力を最《もっと》も無理《むり》なく受けられる。このあたりに展望《てんぼう》台。これより下は、水平方向の力を支《ささ》えるために四角形の内側《うちがわ》にX《エックス》字型鉄骨《がたてっこつ》を二つ並《なら》べる。」

構造《こうぞう》計画は構造《こうぞう》計算よりも大事だ。耐震構造《たいしんこうぞう》の父であり塔設計《とうせっけい》の第一人者は考えぬいた。

内藤《ないとう》は鉄骨部材《てっこつぶざい》の配置《はいち》を決めると、塔《とう》の上から下までの部材《ぶざい》について、どれだけの耐久力《たいきゅうりょく》が必要《ひつよう》か、ひとつひとつ計算を始めた。

塔《とう》の設計《せっけい》では、内藤《ないとう》の手による構造設計《こうぞうせっけい》が最《もっと》も大切なのだ。その構造設計書《こうぞうせっけいしょ》にもとづいて基《き》本設計《ほんせっけい》が行われ、さらに、ひとつひとつの構造材《こうぞうざい》や接合《せつごう》の位置《いち》までミリ単位《たんい》で精密《せいみつ》にかきこまれた実施設計《じっしせっけい》を、日建設計《にっけんせっけい》の設計《せっけい》チームが内藤《ないとう》の指導《しどう》のもとで一枚《まい》一枚《まい》かいていく。最終的《さいしゅうてき》には一万枚《まい》を超《こ》える図面になった。分厚《ぶあつ》い設計《せっけい》図の本は何冊《さつ》にもなった。その設計《せっけい》図面にしたがって、鉄工所では塔《とう》の部材《ぶざい》や必要《ひつよう》な部品をつくり、現場《げんば》ではそれを組み上げていく。

地質調査《ちしつちょうさ》も始められた。内藤《ないとう》は二十メートルほれば、かたい砂礫層《されきそう》にじゅうぶん到達《とうたつ》することを確《たし》かめると、直径《ちょっけい》三・五メートル、長さ十五メートルの杭《くい》を二十三メートル下まで脚部《きゃくぶ》一か所ごとに八本打ちこむことにする。

「こうしておけば、一脚《きゃく》で四千トンが支《ささ》えられる。四脚《きゃく》で一万六千トン。巨大《きょだい》電波塔《とう》の総重量《そうじゅうりょう》約《やく》四千トンなど、楽に支《ささ》えられる。」

ところが、設計《せっけい》がもう少しで完成《かんせい》しようかという時になって、細々《こまごま》とした設計変更《せっけいへんこう》が、持ちこまれた。

「塔《とう》の先にとり付《つ》けるアンテナの長さがのびたので、アンテナをゆれから守るために、塔《とう》の高さを三百八十メートルから三百三十三メートルに下げる。」

という大きな変更《へんこう》が内藤《ないとう》のところへもたらされると、内藤《ないとう》たちはおどろいた。高さが変《か》わるということは、全ての数値《すうち》が変《か》わることになる。

「計算を全てやり直しか。もう五月だ。ここまでの三か月の作業は水の泡《あわ》。今からでは着工に間に合わないぞ。」

「えらいことになった。やり直しとは。」

ぼやいてもやり直すしかないのだ。内藤《ないとう》は、計算尺《じゃく》をとり出し再《ふた》び計算を始めた。

設計変更《せっけいへんこう》によって、全ての計算と図面ができあがらないうちに着工することになった。

内藤《ないとう》たちは、できあがっていた基礎《きそ》や脚部《きゃくぶ》の図面だけ先わたしして、工事を進めながら同時に計算のやり直しと図面化を続《つづ》けた。塔《とう》本体は七月に図面があがり、塔《とう》の下につくる五階建《だ》てのビルの設計《せっけい》まで全て終わったのは、九月になってからである。最終的《さいしゅうてき》には、一万枚《まい》をこえる図面となった。分厚《ぶあつ》い設計《せっけい》図の本は、何冊《さつ》にもなった。

その設計《せっけい》の最終段階《さいしゅうだんかい》の泊《と》まりこみ作業の現場《げんば》にいた人の話だと、ものをいう者などなく、ひたすら計算し、かいて、紙をめくる音がしていたという。内藤博士《ないとうはかせ》の計算尺《じゃく》のあつかいと計算は、ものすごくはやかった。それでいて、どんなに追いつめられた状況《じょうきょう》でもすずしい顔をして冷静《れいせい》だった。

「ながめて美しい塔《とう》であることは大切です。調和のとれた美しさは耐久性《たいきゅうせい》も備《そな》えている。安全であること。これは絶対《ぜったい》心配ありません。風速九十メートルの風がふいても、関東大震災《かんとうだいしんさい》の二倍の地震《じしん》が来てもびくともしません。設計《せっけい》しているあいだは、ねても覚《さ》めても塔《とう》のことばかり頭にあって、あそこはあれで良《よ》かったろうか、といつも考えていました。工事が始まり、だんだん高くなっていくのが楽しみです。」

「塔博士《とうはかせ》」内藤多仲《ないとうたちゅう》は、自分の設計《せっけい》と計算に自信《じしん》を持っていた。

私《わたし》の推測《すいそく》だが、内藤博士《ないとうはかせ》は自分の経験《けいけん》から構造《こうぞう》計算に入る前の構造設計段階《こうぞうせっけいだんかい》で、計算しなくても建築物《けんちくぶつ》の強度がわかっていたのだと思う。構造《こうぞう》計算は博士《はかせ》にとって、その強度の裏付《うらづ》けであり、人々にしめす数字による証明書《しょうめい》のようなものだったにちがいない。

職人《しょくにん》たちのはなれ業《わざ》

電波塔《とう》の工事にとりかかる地鎮祭《じちんさい》が、一九五七（昭和《しょうわ》三十二）年の六月二十九日に行われ、前田久吉《まえだひさきち》や内藤多仲《ないとうたちゅう》は、工事に関《かか》わる人々と共《とも》に工事の安全をいのった。

電波塔《とう》の完成《かんせい》予定日は翌年《よくねん》の暮《く》れの十二月二十三日だ。わずか十八か月しかない。

施工《せこう》にあたるのは、内藤多仲《ないとうたちゅう》が設計《せっけい》した名古屋《なごや》テレビ塔《とう》を建《た》てた竹中工務店《たけなかこうむてん》だ。

詳細設計《しょうさいせっけい》図どおりに、がっちりと塔《とう》の四脚《きゃく》の基礎《きそ》がつくられ、鉄骨《てっこつ》が運びこまれる。

電波塔《とう》の鉄骨《てっこつ》は、風雨にさらされるとさびてもろくなってしまう。

「昼間、飛行機《ひこうき》の衝突事故《しょうとつじこ》を防《ふせ》ぐために、東京《とうきょう》タワーに何色をぬったらいいだろう。」

「注意をうながすには工事用の黒と黄色のしまもようがふつうだが。」

「それじゃあんまりだ。」

話し合った結果《けっか》、インターナショナルオレンジと白を交互《こうご》にぬることになった。工場でペンキをぬり終えた鉄骨《てっこつ》を、とび職《しょく》たちが手作業で組み上げていくのだ。

この鉄骨《てっこつ》を組み上げるのは、ただのとび職《しょく》ではない。まず呼《よ》ばれたのは、黒崎組《くろさきぐみ》と呼《よ》ばれる日本最高《さいこう》の技術《ぎじゅつ》を持つ、黒崎《くろさき》親方のひきいる四十人のとび職《しょく》たちだ。

とび職《しょく》というのは、高い場所での作業をする専門職《せんもんしょく》だ。ニッカズボンという幅広《はばひろ》のズボンに、地下足袋《じかたび》というういで立ちだ。高いところではヘルメットをかぶる。とび職《しょく》は五人一組で仕事をする。その中にボーシン（棒心《ぼうしん》）というリーダーがいる。親方は、若《わか》いとび職《しょく》たちの性格《せいかく》や能《のう》力《りょく》をよくわかっていて、気の合いそうな者同士《どうし》で班《はん》をつくる。段《だん》どり九割《わり》といわれるのは、作業の先の先を読んでいるからで、親方になる者はそれができる。

「まず、ボーシンになりたい。」

その目標《もくひょう》に近づこうと、若者《わかもの》はがんばる。しかし若《わか》いとび職《しょく》が少しでも失敗《しっぱい》をすると「バカヤロー」と親方たちはさんざん怒鳴《どな》り声をあびせる。未熟《みじゅく》さからのミスは命に関《かか》わるということを、知りぬいているからだ。ボーシンへの道はなかなかきびしい。

現場《げんば》のとび職《しょく》など、百戦錬磨《ひゃくせんれんま》の職人《しょくにん》たちにも指示《しじ》を出す現場監督《げんばかんとく》は、竹山正明《たけやままさあき》だった。名古屋のテレビ塔《とう》の経験《けいけん》を買われたかれは、三十一歳《さい》の若《わか》さで、とび職《しょく》の親方たちが実施設計《じっしせっけい》図通りに作業を仕上げたか、きっちり確認《かくにん》していた。一ミリのくるいも許《ゆる》さない。そんな姿勢《しせい》の仕事ぶりだった。

工事をする工務店《こうむてん》は、部材《ぶざい》の注文やどんな重機《じゅうき》を使うかを考え、工事方法《ほうほう》を決定する。働《はたら》く人たちの安全に目を配り、工事の日程《にってい》とその進み具合いの管理《かんり》に対して全責任《せきにん》を持っている。

鉄骨《てっこつ》をつり上げるのは、とび職《しょく》のあやつるクレーンだ。最初《さいしょ》四十メートルまでは「ジンポール」というクレーン。四十メートルをこえると「ジンポール」は分解《ぶんかい》され、高さ六十三メートルもある巨大《きょだい》クレーン「ガイデリック」が電波塔建設現場《とうけんせつげんば》の中央に組み上げられた。

「ガイデリック」はマストと呼《よ》ばれる垂直《すいちょく》の固定《こてい》された柱と、ブームと呼《よ》ばれる動く柱から成《な》るクレーンだ。クレーンが倒《たお》れないように、マストの上から八本のワイヤーロープが地上にはられている。ブームは三百六十度動き、ブームから降《お》ろされたワイヤーロープに鉄骨《てっこつ》をくり付《つ》け、上に持ち上げるのだ。操縦《そうじゅう》は、地上でとび職《しょく》が行う。現場《げんば》で働《はたら》く人々は語る。

「とび職《しょく》は、だいたい五人で一班《ぱん》。鉄材《てつざい》をロープにくくり付《つ》けるのに一班《ぱん》、上で待ち受けて降《お》ろすのに一班《ぱん》でやる。高いところはこわくないかって？　こわかったら仕事にならないよ。二十メートルも二百メートルも、おれたちには同じことさ。『落っこちるのはとび職《しょく》の恥《はじ》』『ケガと弁当《べんとう》は自分持ち』っていわれていたけど、実際《じっさい》、思いもよらない時にはじかれて、宙《ちゅう》づりになった時は、やっぱりこわかったな。」

「上では、下から上がってきた鉄骨《てっこつ》を、設計図《せっけい》にしたがってとび職《しょく》が組むと、リベットを打つ。リベットうちは、鍛冶職人《かじしょくにん》が四人一組でやるんだ。リベットは直径《ちょっけい》二センチ、長さ十センチで、下で鍛冶職人《かじしょくにん》のひとりがコークス（燃料《ねんりょう》の一種《いっしゅ》）で八百度に焼《や》いているわけよ。真っ赤に焼《や》けたリベットは、ハサミでつまんで十メートル、二十メートル上に親方が投げる。そうすると、上の鍛冶職人《かじしょくにん》がメガホンみたいな形の器《うつわ》でキャッチする。それをハサミでつまんで接合《せつごう》部の穴《あな》におしこむと、ひとりがリベットの頭に盤《ばん》を当てておさえ、もうひとりが反対側《がわ》からリベットのはみだした部分をハンマーでカンカンたたきつぶして、鉄骨《てっこつ》を接合《せつごう》していく。その一連《いちれん》の鍛《か》冶職《じしょく》の作業は、まるでサーカスを見ているみたいだったぜ。」

「高さが高くなると、『エレクター』という宙《ちゅう》づりできるクレーンを使った。このクレーンがなけりゃ、工事はあんなにはやく進まなかったよ。上り下りには十人くらい乗れるゴンドラがあって、とび職《しょく》は七十人くらいいたな。上の方は強風で、声をはりあげても聞こえない。仲間《なかま》は目と目で話ができるから、それで作業を進めるんだ。風速十五メートルを超《こ》えると上では立っていられないから、かがみこまなければならない。作業はできないよ。ふき飛《と》ばされちまうもの。冬の寒い時は、上でドラム缶《かん》に火をたいてこごえた体を時々暖《あたた》めるんだ。現場《げんば》にはいつも熱気《ねっき》があったよ。何といっても『おれたちは、世界一の電波塔《とう》を建《た》てる大仕事をしているんだ！』とみんなが思っていたからね。」

とび職《しょく》の取材《しゅざい》をしたアメリカの放送局は、「世界で最《もっと》も危険《きけん》な仕事三十九」の一つとして電波塔建設《とうけんせつ》をしょうかいし、「勤勉《きんべん》な日本人でなくてはできない仕事」と解説《かいせつ》した。

一九五八（昭和《しょうわ》三十三）年の九月には、とび職《しょく》や鍛冶職人《かじしょくにん》、竹山現場監督《たけやまげんばかんとく》のけんめいな働《はたら》きで、塔《とう》の最上《さいじょう》部まで鉄骨《てっこつ》を組み終えた。あとは、一番大事なアンテナを塔《とう》の頂上《ちょうじょう》へとり付《つ》けねばならない。アンテナは精密《せいみつ》な構造《こうぞう》で、ＮＨＫ《エヌエイチケイ》や民放各社《みんぽうかくしゃ》の共用《きょうよう》する電波塔《とう》の心臓部《しんぞうぶ》。ぶつけたり、落としたりすることは、絶対《ぜったい》に許《ゆる》されない。アンテナの総重量《そうじゅうりょう》は百トンを超《こ》え、長さは九十四メートルもある。そのままでは、クレーンでつり上げられない。そこでアンテナを八つにわけて塔頂上《とうちょうじょう》につくられた仮設鉄塔《かせつてっとう》までつり上げ、仮設鉄塔《かせつてっとう》内でボルト接合《せつごう》し、再《ふた》び一体化した上で、さらにつり上げて設置《せっち》することになった。強風の中、とび職《しょく》たちの作業が続《つづ》く。

「もう少しですな。」

「ええ。」

白いヘルメットをかぶった前田久吉《まえだひさきち》と内藤多仲《ないとうたちゅう》は、地上からいのる思いで、その作業を双眼鏡《そうがんきょう》で見守る。

ついに十月十四日、一体化したアンテナが、塔《とう》の最頂部《さいちょう》に持ち上げられる日が来た。

心配された天気は晴れ。ただ上空では風が強く、しばしば作業は中断《ちゅうだん》された。

午後二時。アンテナは、強風が弱まるのを待って、少しずつ仮設鉄塔《かせつてっとう》の上におし出されていく。とちゅうでワイヤーが動かなくなるトラブルもあったが、職人《しょくにん》たちはワイヤーを手送りして、乗り切った。慎重《しんちょう》に、慎重《しんちょう》に、はりつめた空気の中、ワイヤーにつり上げられたアンテナを見つめる工事関係者《かんけい》たち。午後三時四十七分、とび職《しょく》の手で、アンテナが所定のさしこみ位《い》

置《ち》にぴたりと止まり、ボルトで固定《こてい》される。

「おさまったぞー。」

「オー！」

上空では、声が風にふき消されたが、地上では大きな歓声《かんせい》があがった。

三百三十三メートルの世界一の高さの電波塔《とう》が完成《かんせい》した瞬間《しゅんかん》だった。

「世界一の電波塔《とう》や。内藤《ないとう》先生、ありがとう。ありがとう。」

「ついに、できましたな。」

握手《あくしゅ》する明治《めいじ》生まれのふたりの目に、涙《なみだ》が光った。

感無量《かんむりょう》だったのは、工事関係《かんけい》者全員だ。もちろん、地上で仕事をしていた私《わたし》も。

世界一の誇《ほこ》り

東京《とうきょう》にそびえたつ巨大《きょだい》な電波塔《とう》は、こうしてついに完成《かんせい》した。

「世界一の電波塔《とう》の名前を付《つ》けてください。」

前田久吉《まえだひさきち》が産経《さんけい》新聞に広告《こうこく》を出すと、全国から八万六千もの名前が寄《よ》せられた。

「日本塔《とう》」や「昭和塔《しょうわとう》」という名前や「ゴールデンタワー」「オリエンタルタワー」というのもあったが、小学五年生の少女の応募《おうぼ》した「東京《とうきょう》タワー」という名前に決まった。

東京《とうきょう》タワーは、のべ二十一万九千三百三十五人、日割《ひわ》りにすると一日約《やく》四百人の人たちが、困難《こんなん》で危険《きけん》な作業にがむしゃらにとり組んだおかげで、わずか十八か月でできあがり、約束《やくそく》通り十二月二十三日の完成《かんせい》式をむかえることができた。タワー下の五階建《だ》てビルもすでに完成《かんせい》していて、このビルから百五十メートルの高さにある展望《てんぼう》台へ、エレベーターでのぼる。展望《てんぼう》台へは、外階段《かいだん》をのぼっていくこともできた。

十二月二十四日は、いよいよ東京《とうきょう》タワーの開場である。

「おかげさんで、天気予報《よほう》は晴れや。」

前田久吉《まえだひさきち》は、人々をむかえる準備《じゅんび》をした。開場前に、入り口には何百人もの行列ができ、機《き》動隊《どうたい》も出ておしよせる人々の誘導《ゆうどう》をする。エレベーターの前は、順番《じゅんばん》を待つ人であふれ、この日だけで二万人が東京《とうきょう》タワーの展望《てんぼう》台を目指した。

夜になるとタワーに付《つ》けられた二百五十個《こ》のイルミネーションがともった。その夜はクリスマスイブ、投光器《とうこうき》で光の中に浮《う》かび上がった東京《とうきょう》タワーは、多くの人々を喜《よろこ》ばせる。

「東京《とうきょう》タワーは、世界一大きなクリスマスツリーだね」と、子どもたちははしゃいだ。

てっぺんに巨大《きょだい》アンテナを備《そな》えた「東京《とうきょう》タワー」が完成《かんせい》して、百キロ圏内《けんない》の関東《かんとう》一円の電波状態《じょうたい》は格段《かくだん》に良《よ》くなった。テレビの画像《がぞう》は鮮明《せんめい》になり、大学卒業《そつぎょう》者の初任給《しょにんきゅう》が一万円の時代、テレビは十八万円と高価《こうか》なものであったが、良《よ》く売れるようになり、商店や街角《まちかど》のテレビには、いつも人だかりができた。

日本中の人々が、テレビや新聞で東京《とうきょう》タワーの完成《かんせい》を見ると、

「一度でいいから、あの展望《てんぼう》台にのぼってみたい。」

と思うようになり、東京《とうきょう》タワーは、全国から修学旅行《しゅうがくりょこう》生の訪《おとず》れる一番人気の場所になった。昭《しょう》和《わ》の時代、世界一の高さの希望《きぼう》の塔《とう》ともいえる東京《とうきょう》タワーに、日本中の人々はあこがれた。

東京《とうきょう》タワーの完成《かんせい》から六十年。東京《とうきょう》タワーより高い塔《とう》は、世界のあちらこちらに見られる。

テレビの電波はアナログからデジタルに変《か》わり、墨田区《すみだ》に新しい電波塔《とう》として六百三十四メートルの東京《とうきょう》スカイツリーも登場した。しかし、時は流れても、東京《とうきょう》タワーをよりどころとしている人は多い。病院の窓《まど》から、いつも東京《とうきょう》タワーを見つめている私《わたし》もそのひとりだ。

私《わたし》の東京《とうきょう》タワーの話を読んでくれる、リハビリで出会ったあの小学生の少年も……。

「ぼくね、夜の東京《とうきょう》タワーも好《す》きなんだ。」

とあの子はいっていた。私《わたし》もそう思う。

東京《とうきょう》タワーは、世界的照明《てきしょうめい》デザイナー石井幹子《いしいもとこ》によるライトアップで、夜になると光の衣装《いしょう》をまとう。

「東京《とうきょう》タワーは、昼より夜が美しいといわれたい」とデザイナーは願《ねが》った。デザインされたライトアップは「ランドマークライト」と「ダイヤモンドヴェール」の二種類《しゅるい》。

「ランドマークライト」は夏すずしげに、冬は暖《あたた》かな色で輝《かがや》く。「ダイヤモンドヴェール」は、特別《とくべつ》な日を、タワーの光の色を様々《さまざま》に変《か》えて表現《ひょうげん》する。特別《とくべつ》な日の光の衣装《いしょう》は、ヴァリエーションが年を追うごとに増《ふ》えているようだ。東京《とうきょう》タワーの七色の光には、それぞれいのりがこめられているという。

白には「永遠《えいえん》と継承《けいしょう》」、黄色には「希望《きぼう》と祝祭《しゅくさい》」、青緑には「地球と平和」、赤紫《むらさき》には「夢《ゆめ》と幸福」、青には「水と命」、緑には「自然《しぜん》と環境《かんきょう》」、赤には「愛《あい》と感謝《かんしゃ》」。

東京《とうきょう》タワーのまとう光の色の一つ一つにこめられたいのりを、知る人にも知らない人にも、夜空《よぞら》にそびえる東京《とうきょう》タワーはやさしい光を届《とど》けてくれる。

私《わたし》をふくめて、どれほどの人たちが、夜の東京《とうきょう》タワーの光にはげまされ、いやされていることだろう。

東京《とうきょう》タワーをつくった人々のあれこれを、思い出すままにかいていた私《わたし》の目には、静《しず》かに神々《こうごう》しい光をまとった東京《とうきょう》タワーが、夜明けまで眠《ねむ》ることなく私《わたし》たちを見守ってくれる女神のようにも見えてくるのだ。

おもしろ雑学《ざつがく》 4

五重塔《ごじゅうのとう》が高層《こうそう》タワーを生んだ!?

奈良《なら》時代の人々の知恵《ちえ》がすごい！

日本最古《さいこ》のタワー「五重塔《ごじゅうのとう》」

「奈良《なら》時代に五重塔《ごじゅうのとう》が建《た》てられたのだから、現代《げんだい》の技術《ぎじゅつ》なら世界一の塔《とう》が建《た》てられるはずだ！」という前田久吉《まえだひさきち》の一言が、当時世界一となる高さを誇《ほこ》る東京《とうきょう》タワー誕《たん》生《じょう》のきっかけになったという逸話《いつわ》がある。

中でも法隆寺《ほうりゅうじ》の五重塔《ごじゅうのとう》は木造《もくぞう》の建築物《けんちくぶつ》として世界で最《もっと》も古い。その柱には日本を代表する木材《もくざい》であるヒノキが使われている。

何百年ものあいだに何度も地震《じしん》にあっているが、一度もたおれたことがない。その技術《ぎじゅつ》の多くはいまだ解明《かいめい》されていないが、内部の「心柱《しんばしら》」という柱が地面から上部まで貫《つらぬ》かれているため、建物《たてもの》の強度をあげているという説《せつ》がある。

法隆寺五重塔《ほうりゅうじごじゅうのとう》。

現在《げんざい》に蘇《よみがえ》る五重塔《ごじゅうのとう》の心柱《しんばしら》

地震《じしん》の多い日本では、地震対策《じしんたいさく》が大きな課題《かだい》である。世界一高い自立式タワーである東京《とうきょう》スカイツリーは高い技術《ぎじゅつ》によって地震対策《じしんたいさく》がされている。そのひとつに「制《せい》振《しん》」がある。制振《せいしん》とは、地震《じしん》のゆれを吸収《きゅうしゅう》するための装置《そうち》のことで、この装置《そうち》によって、ゆれを小さくすることができるのだ。

東京《とうきょう》スカイツリーに使われた制《せい》振《しん》技術《ぎじゅつ》は、最古《さいこ》の木造建築《もくぞうけんちく》である五重塔《ごじゅうのとう》の心柱《しんばしら》と似《に》た技術《ぎじゅつ》で、建造《けんぞう》物《ぶつ》内部に独立《どくりつ》した柱を持つものだ。

この類似《るいじ》に気付《きづ》いた設計《せっけい》会社は、古人の知恵《ちえ》に敬意《けいい》を表し、中央の鉄筋《てっきん》コンクリート造《づく》りの円筒《えんとう》状構造体《じょうこうぞうたい》を「心柱《しんばしら》」と呼《よ》び、この制振《せいしん》システムを「心柱制振《しんばしらせいしん》システム」と名付《なづ》けている。

五重塔《ごじゅうのとう》と同じように中央部に建《た》てられた心柱《しんばしら》の内部には避難階段《ひなんかいだん》も設置《せっち》されている。

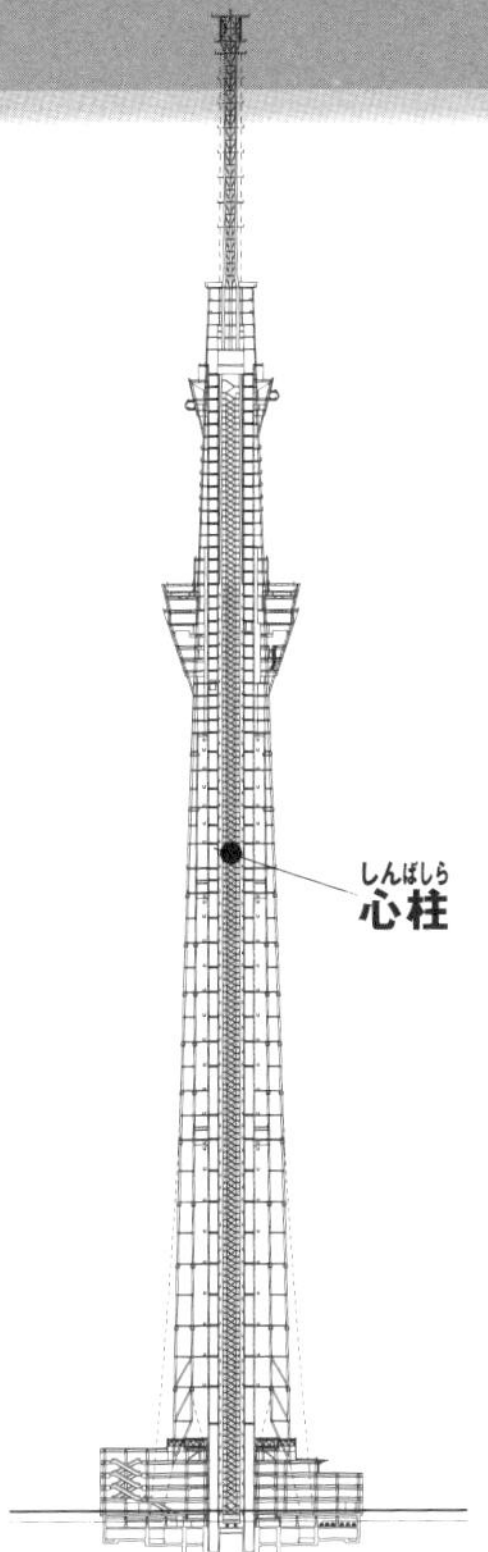

東京《とうきょう》スカイツリー

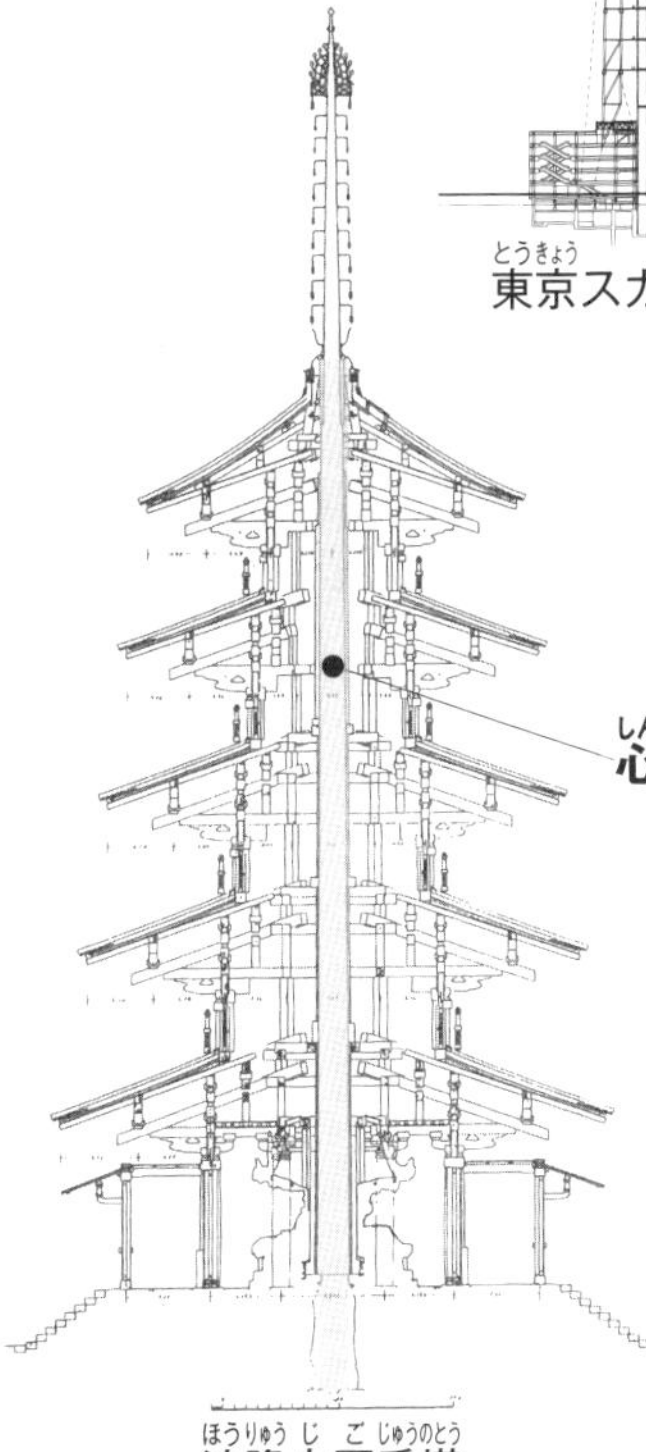

法隆寺五重塔《ほうりゅうじごじゅうのとう》

おまけ情報《じょうほう》・・・・・

全国にあるタワー

全国には多くのタワーが存在《そんざい》しているが、その中で内藤多仲《ないとうたちゅう》が手がけたタワーは、完成順《かんせいじゅん》に名古屋《なごや》テレビ塔《とう》、通天閣《つうてんかく》、別府《べっぷ》タワー、さっぽろテレビ塔《とう》、東京《とうきょう》タワー、博多《はかた》ポートタワーの6つである。それらは「タワー六兄弟《きょうだい》」といわれ各《かく》地《ち》で親しまれている。

北海道《ほっかいどう》	❶ さっぽろテレビ塔《とう》 (147.2m)
	❷ 五稜郭《ごりょうかく》タワー (107m)
千葉《ちば》県	❸ 銚子《ちょうし》ポートタワー (57.7m)
	❹ 千葉《ちば》ポートタワー (125m)
東京都《とうきょうと》	❺ 東京《とうきょう》タワー (333m)
神奈川《かながわ》県	❻ 横浜《よこはま》マリンタワー (106m)
富山《とやま》県	❼ クロスランドタワー (118m)
福井《ふくい》県	❽ 東尋坊《とうじんぼう》タワー (55m)
愛知《あいち》県	❾ 東山《ひがしやま》スカイタワー (134m)
	❿ 名古屋《なごや》テレビ塔《とう》 (180m)
	⓫ ツインアーチ138 (138m)

京都府《きょうとふ》	⓬ 京都《きょうと》タワー (131m)
大阪府《おおさかふ》	⓭ 空中庭園展望台《ていえんてんぼう》 (173m)
	⓮ 通天閣《つうてんかく》 (103m)
兵庫《ひょうご》県	⓯ 神戸《こうべ》ポートタワー (108m)
鳥取《とっとり》県	⓰ 夢《ゆめ》みなとタワー (43m)
山口《やまぐち》県	⓱ 海峡《かいきょう》ゆめタワー (153m)
香川《かがわ》県	⓲ プレイパークゴールドタワー (158m)
福岡《ふくおか》県	⓳ 福岡《ふくおか》タワー (234m)
	⓴ 博多《はかた》ポートタワー (70m)
大分《おおいた》県	㉑ 別府《べっぷ》タワー (90m)

第五話

旧《きゅう》国立競技場《きょうぎじょう》

（東京都《とうきょう》）

アスリートたちの聖地《せいち》
誕生秘話《たんじょうひわ》

旧《きゅう》国立競技場《きょうぎじょう》　聖火台《せいかだい》

国立競《きょう》技《ぎ》場《じょう》建《た》てかえ

二〇二〇年の東京《とうきょう》オリンピック開催《かいさい》が決まり、国立競《きょう》技《ぎ》場《じょう》が、建《た》てかえのためとりこわされることになった。新聞記者のぼくは、なくなってしまう国立競《きょう》技《ぎ》場《じょう》を取材《しゅざい》に訪《おとず》れた。

今日は、本格的《ほんかくてき》なスタンドのとりこわしの前に、五十年前の一九六四（昭和《しょうわ》三十九）年の十月十日、東京《とうきょう》オリンピック開会式で使われたスタンド上の聖火《せいか》台がとりはずされる日だ。

オリンピックのあとも、この競《きょう》技《ぎ》場《じょう》ではサッカーの試合《しあい》が開かれた。サッカーファンには、聖地《せいち》といわれている。

ぼくは、聖火《せいか》台のとりはずし作業を見守る人に取材《しゅざい》を申しこんだ。その人は鈴木《すずき》さんという人で、聖火《せいか》台をつくった人の家族だった。

「この聖火《せいか》台は、東京《とうきょう》オリンピックの前の一九五八（昭和《しょうわ》三十三）年のアジア競技《きょうぎ》大会のために、父と兄たちとつくったものです。」

「オリンピックのためにつくられたのではないのですか？」

「ちがいます。オリンピックでも使われましたが……。それにこの国立競技場《きょうぎじょう》だって、アジア競技《きょうぎ》大会のためにつくられたのですから。オリンピック前に増築《ぞうちく》はされましたがね。」

そうだったのか、知らなかった。ぼくは、取材《しゅざい》を終えてから会社へ帰り、今日の取材《しゅざい》の記事をかいたあと、国立競技場《きょうぎじょう》とオリンピックについての資料《しりょう》を調べてみた。

オリンピックと日本

オリンピックはずっと昔から四年に一回、世界のどこかで開かれるものだとぼくは思っていたが、「近代オリンピックの父」といわれるフランスのクーベルタン男爵《だんしゃく》が、百二十年ほど前に、万国博覧会《ばんこくはくらんかい》の中の行事として始めたものだ。
「次のオリンピックを、ぜひ私《わたし》の町で！」
と名乗りをあげて、いくつかの街《まち》で開催《かいさい》を争《あらそ》うことは昔からあった。一九四〇（昭和《しょうわ》十五）年のオリンピックでもいくつかの町が立候補《りっこうほ》したが、最終的《さいしゅうてき》にアジアで初《はじ》めてオリンピックを開催《かいさい》しようとした東京《とうきょう》が開催地《かいさいち》に決まった。

しかし、このオリンピックは日中戦争《にっちゅうせんそう》※の影響《えいきょう》で開けず、「まぼろしのオリンピック」といわれている。もし、この時にオリンピックが東京《とうきょう》で開かれていたら、サッカーの試合《しあい》が、今の国立競技場《きょうぎじょう》の場所にあった明治神宮外苑競技場《めいじじんぐうがいえんきょうぎじょう》で行われることになっていた。

オリンピックは、開かれるごとに規模《きぼ》が大きくなり、参加《さんか》人数や参加《さんか》国も増《ふ》えたので、それに見合う巨大《きょだい》な競技場《きょうぎじょう》が建設《けんせつ》されるようになる。

日本は、一九四五（昭和《しょうわ》二十）年に第二次世界大戦《たいせん》に負けてアメリカ軍《ぐん》に占領《せんりょう》され、明治神宮外苑競技場《めいじじんぐうがいえんきょうぎじょう》は「ナイル・キニック・スタジアム」という名前になり、一九五〇（昭和《しょうわ》二十五）年には、サッカーの早慶戦《そうけいせん》が行われている。

戦後《せんご》、復興《ふっこう》しつつあった日本では、スポーツも盛《さか》んになり、野球や相撲《すもう》なども行われるようになってきた。「富士山《ふじやま》のトビウオ」とか「あかつきの超特急《ちょうとっきゅう》」とか呼《よ》ばれて、世界で活躍《かつやく》する水泳や陸上《りくじょう》の選手《せんしゅ》もあらわれた。

※日中戦争《にっちゅうせんそう》　1937～1945年、日本と中国《ちゅうごく》のあいだで起こった戦争《せんそう》。

そこに再《ふたた》び「日本でオリンピックを！」という声が起こってきた。

「スポーツは平和でなければできない。オリンピックこそ、日本が平和な国であることを世界にしめせると思う。」

「オリンピックは、敗戦《はいせん》から立ち直るためにひたすらがんばってきた日本人に、勇気《ゆうき》と自信《じしん》をもたらすだろう。」

「オリンピックを呼《よ》ぶために、日本がここまでやれるということを、外国にわかってもらわねばなりません。オリンピック委員会公認《こうにん》のアジア競技《きょうぎ》大会を東京《とうきょう》で開きましょう。そのためには、新しい競技場《きょうぎじょう》をつくらなければ……。」

「そうですな。では、ナイル・キニック・スタジアムを返してもらい、明治神宮外苑競技場《めいじじんぐうがいえんきょうぎじょう》をアジア競技《きょうぎ》大会に向けて建《た》てかえましょう。」

ということが話し合いで決まったのは、一九五五（昭和《しょうわ》三十）年十二月のことだと資料《しりょう》には記されていた。

「なるほど、鈴木《すずき》さんが聖火《せいか》台をつくったのは、このアジア競技《きょうぎ》大会のためだったんだ。」

ぼくは、資料《しりょう》を読んでみて、鈴木《すずき》さんが話してくれたことをもう一度思い出した。

国立競技場《きょうぎじょう》ができるまで

一九五八（昭和《しょうわ》三十三）年に行われたアジア競技《きょうぎ》大会は、ぼくの生まれる前のできごとだから、資料《しりょう》を読んで初《はじ》めて知ることばかりだ。

「そうか。国立競技場《きょうぎじょう》は、アジア競技《きょうぎ》大会の直前の三月に完成《かんせい》したのか。鈴木《すずき》さんの聖火《せいか》台も、その時、国立競技場《きょうぎじょう》のスタンドにすえ付《つ》けられたのだな。」

「まてよ。この五十六年前の国立競技場《きょうぎじょう》の建設《けんせつ》は、大急ぎの工事だったから大変《たいへん》だったといっていたな。」

ぼくは、さらに資料《しりょう》を探《さが》した。

「総工費《そうこうひ》十四億《おく》五千万円の国立競技場《きょうぎじょう》工事について建設省《けんせつしょう》の角田栄《つのださかえ》が語る。設計《せっけい》は京都《きょうと》大学出身の片山光生《かたやまてるお》氏《し》が担当《たんとう》。」

このようなかき出しで始まる角田栄《つのださかえ》のインタビュー記事が出てきた。

「それは、毎日が大変《たいへん》でした。まず、工事期間が十四か月しかない。設計《せっけい》は、私《わたし》が近畿《きんき》局にいた時にいっしょに仕事をした京大《きょうだい》（京都《きょうと》大学）の片山光生《かたやまてるお》さんと京大《きょうだい》チームにお願《ねが》いしました。東大《とうだい》（東京《とうきょう》大学）出身の連中《れんちゅう》は、理屈《りくつ》は一流ですが創造性《そうぞうせい》にとぼしい、とじょうだんで話したこともあります。ともかく超特急《ちょうとっきゅう》での設計《せっけい》で、理屈《りくつ》をこねる時間はなかった。ですが、スタジアムはフィンランドのヘルシンキやオーストラリアのメルボルンを参考《さんこう》にしながらも、日本を表現《ひょうげん》しなければならない。片山《かたやま》さんの設計《せっけい》は、近代的《てき》でありながら日本らしさがありましたから。」

「デザインコンセプトは、『力強さ』『簡潔《かんけつ》』『優美《ゆうび》』としました。」

「場所が明治神宮《めいじじんぐう》の外苑《がいえん》ですから、まわりの景色《けしき》をそこなわないように、バックスタンドの高さは八メートルまで、という制限《せいげん》がありました。国立競技場《きょうぎじょう》の敷地《しきち》は、自然《しぜん》のくぼ地にあるので、スタンドはほり下げたところがあります。ですから、門から入ってきた人はまっすぐ観客《かんきゃく》席《せき》の中央に出られます。選手《せんしゅ》や役員と、観客《かんきゃく》の動く通路をわけました。オリンピックでは、観《かん》客席《きゃくせき》をもっと増《ふ》やさなければなりません。アジア競技《きょうぎ》大会のあとで増設《ぞうせつ》することを想定して、設計《せっけい》を進めました。」

「国立競技場《きょうぎじょう》のスタンドはコンクリート造《ぞう》。コンクリート二万二千立方メートル、鉄筋《てっきん》二千四百トン、鉄骨《てっこつ》四百トンが使われる。メインスタンドの上には日よけ屋根、最上段《さいじょうだん》にはテレビ・ラジオの放送席《せき》、横のスタンドにはドイツ製《せい》の電光掲示板《けいじばん》がとり付《つ》けられる。反対側《がわ》のスタンド南側《がわ》の最上段《さいじょうだん》に、鋳鉄製《ちゅうてつせい》の逆《ぎゃく》円すい形の聖火台《せいかだい》を置《お》く。」

五十六年前の記事には、もう会うことができない人の思いや考えが読みとれる。ぼくは、記《き》者《しゃ》という仕事の先輩《せんぱい》たちに感謝《かんしゃ》せねばならない。

当時の人の声を資料《しりょう》で読むと、まるで自分もその時代にいたような気持ちになれるからふしぎだ。聖火台《せいかだい》のくわしい資料《しりょう》も見つけた。

「どうなる聖火台《せいかだい》」という記事だ。

「逆《ぎゃく》円すい形で、高さ二メートル、直径《ちょっけい》二メートルで二トンを超《こ》える大きなものなんて、うちではやれない。」

「製作《せいさく》時間が三か月しかない。おまけに予算が二十万円ではとても無理《むり》。」と大手メーカーに断《ことわ》られ、「どうしたらいいんだ」と設計《せっけい》チームは困《こま》っていたようだ。

ここからあとのことは、国立競技場《きょうぎじょう》での取材《しゅざい》で鈴木《すずき》さんが話してくれた。

鋳物《いもの》の町、埼玉《さいたま》県川口市に何とかならないかと聖火《せいか》台の話が来た。市長が何とかしようと、あちらこちらの工場にたのんでみたが、みんな、

「とんでもない。三か月では。値段《ねだん》も引き合わないし。」

というばかり。その話を聞いていた鈴木《すずき》さんの父六十八歳《さい》の萬之助《まんのすけ》さんが、

「人生最後《さいご》の仕事としてやってやろう。」

といい出した。

「お父さん無理《むり》だって。断《ことわ》ろう。もうけもまるでないし、つかれるだけだ。年なんだし。」

家族は反対したが、萬之助《まんのすけ》さんは大きな工場の作業場を借《か》りて、息子と鋳型《いがた》をつくり始めた。これまでつくったこともない、高さも直径《ちょっけい》も二メートルを超《こ》える巨大《きょだい》な鋳物《いもの》の型《かた》だ。砂《すな》に増粘《ぞうねん》剤《ざい》を混《ま》ぜ、こつこつと巨大《きょだい》な型《かた》をつくっていく父と三番目の息子文吾《ぶんご》。

一九五八（昭和《しょうわ》三十三）年二月十四日。いよいよ「湯入れ」。熱《ねっ》してとかした鉄を流しこむ。この作業がすめば、数日で完成《かんせい》だ。ところが、鋳型《いがた》に二トンを超《こ》える千五百度の真っ赤な鉄を流しこむ作業にかかった時、多量《たりょう》の鉄の湯の圧力《あつりょく》に、鋳型《いがた》のしめ金をとめたボルトがとんで、鋳型《いがた》がこわれた。とけた高温の鉄がもれ出る。

「危《あぶ》なかったが、だれもケガをしなかったのが幸いだったね。だが、おやじはその日からねこんでしまった。気をはりつめてやってきたからね。」

二か月の苦労《くろう》が水《みず》の泡《あわ》になってしまったのだ。アジア競技《きょうぎ》大会の開かれる国立競技場《きょうぎじょう》への納《のう》期《き》は三月。もう二月の半ばだ。「これからつくるなんて無理《むり》だ」とだれもが思った。

しかし文吾《ぶんご》はひとりで、もくもくと鋳型《いがた》をつくり直し始めた。

「その八日後の二十三日におやじが亡《な》くなってしまった。文吾《ぶんご》は、ずっと型《かた》づくりをしていたから、兄貴《あにき》たちは、文吾《ぶんご》におやじが死んだことを教えなかった。気落ちすると思ってね。でもばれてしまったよ。葬式《そうしき》もそこそこで、兄弟みんなで自分の仕事を休み、おやじの残《のこ》した仕事をやったんだ。」

「文吾《ぶんご》なんか、『間に合わなかったら腹《はら》を切る』といってましたね。」

兄弟たちは、連日《れんじつ》夜を徹《てっ》して作業を重ね、三月五日、再《ふたた》び鋳型《いがた》に「湯入れ」。とけた鉄を流しこみ、今度は失敗《しっぱい》なく聖火《せいか》台を完成《かんせい》させた。

鈴木《すずき》兄弟は、父鈴木萬之助《すずきまんのすけ》さんが作品にいつも入れていた名前「鈴萬《すずまん》」の文字を内側《うちがわ》にほり、国立競技場《きょうぎじょう》へおさめた。

「『おやじ、できあがったよ』といえて、その晩《ばん》、やっとおやじの通夜ができた気がした。」

鈴木《すずき》さんはぼくに、そう話してくれた。

「鈴萬《すずまん》」の聖火《せいか》台に見守られて、国立競技場《きょうぎじょう》でのアジア競技《きょうぎ》大会は無事《ぶじ》に行われた。

アジア競技《きょうぎ》大会の成功《せいこう》で、東京《とうきょう》オリンピックは実現《じつげん》に大きく近づいた。

ひびくファンファーレ

アジア競技《きょうぎ》大会の次の年、一九五九（昭和《しょうわ》三十四）年五月、ミュンヘンで行われた国際《こくさい》オリ

ンピック委員会総会《そうかい》で、五年後のオリンピックが東京《とうきょう》で開かれることに決まった。

「東京五輪《とうきょうごりん》決定」

新聞トップに大見出しがおどる。日本中が、東京《とうきょう》オリンピックに向けて動き始めた。

オリンピックには世界中から選手《せんしゅ》が集まり、応援《おうえん》する人々もやってくる。道路や鉄道、宿泊《しゅくはく》施設《しせつ》の建設《けんせつ》ラッシュが始まった。

東京《とうきょう》には首都高速や幹線《かんせん》道路が整備《せいび》され、東海道には、新幹線《しんかんせん》の建設《けんせつ》が急ピッチで進められた。ホテルや選手《せんしゅ》村も建《た》てられていく。

国立競技場《きょうぎじょう》でも、拡張《かくちょう》工事が始まった。担当《たんとう》したのは、やはり建設省《けんせつしょう》の角田栄《つのださかえ》だ。

「今回の費用《ひよう》は十三億《おく》円。増設《ぞうせつ》をする観客席《かんきゃくせき》は、いろいろ考えて三日月形に増《ふ》やすことにしました。観客席《かんきゃくせき》を二万三千席増設《せきぞうせつ》して、全部で七万五千人を収容《しゅうよう》できます。開会式には仮設《かせつ》の席《せき》も用意します。」

国立競技場《きょうぎじょう》の拡張《かくちょう》工事は、東京《とうきょう》オリンピックの一年前に完了《かんりょう》した。

「国立競技場《きょうぎじょう》、準備《じゅんび》着々。照明設備落成点灯式《しょうめいせつびらくせいてんとう》。開幕《かいまく》まであと二か月」という新聞記事の見出し。見るだけで時代の空気がわかる。日本中の人々は、次々に発表される施設完成《しせつかんせい》のニュースに、東京《とうきょう》オリンピックへの期待を日に日にふくらませていた。

東海道新幹線《しんかんせん》は、東京《とうきょう》オリンピックの開会式直前の十月一日に開通した。もちろん、トップ記事だ。この時、東京《とうきょう》と新大阪《しんおおさか》間は四時間。江戸《えど》時代に東海道五十三次《つぎ》を歩いて旅したことを思えば、まさに新幹線《しんかんせん》は「夢《ゆめ》の超特急《ちょうとっきゅう》」だ。

一九六四（昭和《しょうわ》三十九）年十月十日、午後一時五十分。

晴れわたった国立競技場《きょうぎじょう》で第十八回オリンピック競技《きょうぎ》大会の開会式が始まった。

便利《べんり》なことに、五十数年たった今、アーカイブ※で、そのカラー映像《えいぞう》を見ることができる。

ぼくは、初《はじ》めてその映像《えいぞう》の記録《きろく》を見る。

とりこわす国立競技場《きょうぎじょう》を取材《しゅざい》して、鈴木《すずき》さんに聖火《せいか》台の話を聞いてからのぼくは、どうやらかつての東京《とうきょう》オリンピックのブームにとりつかれたようだ。

映像《えいぞう》の中では、オリンピックマーチの演奏《えんそう》が始まり、各国選手団《かっこくせんしゅだん》が国立競技場《きょうぎじょう》に入場してく

※アーカイブ　映像《えいぞう》や文書などのデータの保管《ほかん》所。

る。初《はじ》めに古代オリンピックが始まった国ギリシア。これはお決まりだ。あとはアルファベット順《じゅん》で、最後《さいご》が開催《かいさい》国日本だ。選手団《せんしゅだん》は全部で五千五百四十一人。

少し早送りして、九十四か国目に入場する日本の手前まで画面を進める。

「Japan《ジャパン》」

入場国がアナウンスされると、画面に注目した。

「うわー、衣装《いしょう》が日の丸だ。深紅《しんく》のブレザーに白いズボン。」

足なみも姿勢《しせい》も美しい。さすが、ニッポン、と思ってしまう。

招待席《しょうたいせき》にすわっている外交官や外国からの来賓《らいひん》全員が、起立して敬意《けいい》を表《ひょう》し、日本選手団《せんしゅだん》をむかえる。

ぼくは、なんだか誇《ほこ》らしくその映像《えいぞう》を見ていた。

あいさつに立った、東京《とうきょう》オリンピック組織《そしき》委員会会長が、オリンピックの父クーベルタン男爵《だんしゃく》の肉声を流したのにはおどろいた。クーベルタン男爵《だんしゃく》の言葉はかっこいい。

「オリンピック競技《きょうぎ》で最《もっと》も重要《じゅうよう》なことは、勝つことでなく参加《さんか》することである。人生で最《もっと》も重《じゅう》要《よう》なことは、成功《せいこう》することでなく、努力《どりょく》することである。」

これを聞いた時、ぼくの頭に浮《う》かんだ人は、鈴木萬之助《すずきまんのすけ》さんだった。

国立競技場《きょうぎじょう》に、三十本のトランペットによるオリンピックファンファーレが高らかにひびくと、その少し悲しげな旋律《せんりつ》に、ぼくはなぜかなみだが出そうになった。

そのあと、国立競技場《きょうぎじょう》の七万五千人の観衆《かんしゅう》がどよめいた。

「聖火《せいか》ランナーが、国立競技場《きょうぎじょう》に入ってまいりました。沖縄《おきなわ》から始まり、日本全国、十万七百十三人目の聖火《せいか》ランナーです。陸上選手《りくじょうせんしゅ》の十九歳坂井義則《さいさかいよしのり》さんが、今、はるかなギリシアの地、アテネのアクロポリスで点火された聖《せい》なる火をかかげて走ります。坂井義則《さかいよしのり》さんは一九四五（昭和《しょうわ》二十）年八月六日、広島《ひろしま》に原爆《げんばく》が投下《とうか》された日に広島《ひろしま》で生まれました。」

国立競技場《きょうぎじょう》に実況《じっきょう》アナウンスが流れると

「オー、アトミックボーイ（原爆《げんばく》の子）。」

という声が上がった。

そうなのだ。日本は、広島《ひろしま》、長崎《ながさき》に原爆《げんばく》が落とされて終戦《しゅうせん》をむかえた被爆《ひばく》国なのだ。焼《や》け野原になった町から、二十年足らずで、今日のこの国立競技場《きょうぎじょう》に世界の大舞台《ぶたい》のオリンピックを開くまでに復興《ふっこう》をとげた日本を、世界の人々は、おどろき、たたえていた。

「奇跡《きせき》だ！」

といいながら、笑顔《えがお》で国立競技場《きょうぎじょう》に集《つど》っているのだ。

聖火《せいか》ランナーは階段《かいだん》をのぼりきり静《しず》かに聖火《せいか》台の横に立つと、聖火《せいか》台に火をつけた。

あの鈴木萬之助《すずきまんのすけ》さんと家族の「鈴萬《すずまん》」とほられた聖火《せいか》台に、アテネのアクロポリスの火が燃《も》え上がる。同時に、火炎太鼓《かえんだいこ》が勇壮《ゆうそう》に演奏《えんそう》を始めた。

「ワーッ！」

大歓声《かんせい》がわき起こり、「オリンピック讃歌《さんか》」が高らかに歌われる。

この国立競技場《きょうぎじょう》での東京《とうきょう》オリンピックの開会式を、日本全国の大人も子どもも、テレビを通じて食い入るように見ていた。今のぼくと同じように。

開会式の映像《えいぞう》を見たぼくは、改《あらた》めて思った。この東京《とうきょう》オリンピックの瞬間《しゅんかん》も、毎年行われたサッカーの試合《しあい》も、何万人もがつめかけたコンサートも、国立競技場《きょうぎじょう》の五十六年間にくり広げられ、感動《かんどう》と共《とも》にあった記憶《きおく》は、記録《きろく》によって永遠《えいえん》なのだ。

とりこわされて、その建物《たてもの》の風景《ふうけい》は消えても、また新たな建物《たてもの》で新たな歴史《れきし》が生まれるだろう。

それに、永遠《えいえん》に消えないものもある。

そうだ。あの鈴木萬之助《すずきまんのすけ》さんの「鈴萬《すずまん》」の聖火《せいか》台。

この五十数年のあいだ、毎年、東京《とうきょう》オリンピックの開会式の行われた十月十日、鈴木萬之助《すずきまんのすけ》さんの息子さんたちは、ごま油で聖火《せいか》台をみがいて手入れしてこられたという。

今聖火《せいか》台は、東日本大震災《しんさい》の復興応援《ふっこうおうえん》に宮城《みやぎ》県石巻《いしのまき》市に貸《か》し出されているが、オリンピック選手《せんしゅ》だった室伏広治《むろふしこうじ》さんが、石巻《いしのまき》の人々と手入れをしているという話を小耳にはさんだ。きっと、ごま油でみがいてくれているはずだ。

新しい国立競技場《きょうぎじょう》が完成《かんせい》したら、「鈴萬《すずまん》」の名前がほられた聖火《せいか》台は、国立競技場《きょうぎじょう》の中で、大切に保存《ほぞん》されるらしい。

人も建物《たてもの》も命にかぎりがある。消えていった命の思いや生きざまを忘《わす》れない。

それは、時代を受けついでいく者にとって、とても大事なことだ。

アスリートが目指《めざ》す スポーツの聖地《せいち》

旧《きゅう》国立競技場《きょうぎじょう》だけじゃないよ!!

野球

阪神甲子園《はんしんこうしえん》球場のグラウンド。

阪神甲子園球場《はんしんこうしえんきゅうじょう》（兵庫《ひょうご》県）

日本で最初《さいしょ》に誕生《たんじょう》した大規模多目的《だいきぼたもくてき》野球場。春・夏の甲子園《こうしえん》大会の会場。グラウンドの黒土は、岡山《おかやま》県津山《つやま》市、三重《みえ》県鈴鹿《すずか》市、鹿児島《かごしま》県鹿屋《かのや》市、大分《おおいた》県大野郡《おおのぐん》三重《みえ》町、鳥取《とっとり》県大山《だいせん》町などの土をブレンドしている。太陽の光の反射《はんしゃ》をおさえるための工夫《くふう》だ。

ラグビー

東大阪《ひがしおおさか》市花園《はなぞの》ラグビー場（大阪府《おおさかふ》）

全国高等学校ラグビーフットボール大会のメイン会場。大会自体が「花園《はなぞの》」の愛称《あいしょう》で呼《よ》ばれている。2017年に改修《かいしゅう》工事が進められ、2018年完成《かんせい》予定。

東大阪《ひがしおおさか》市花園《はなぞの》ラグビー場のグラウンド。

テニス

有明《ありあけ》コロシアム。

有明《ありあけ》コロシアム（東京《とうきょう》都）

有明《ありあけ》テニスの森公園内にあるスタジアム。テニスの国際《こくさい》大会ではセンターコート（主要《しゅよう》な試合《しあい》を行う中央のコート）として使用される中心的施設《てきしせつ》。

おもしろ雑《ざつ》学《がく》 6

一九六四年東京《とうきょう》オリンピックで活躍《かつやく》した競技《きょうぎ》会場

次のオリンピックも活躍《かつやく》まちがいなし!

神奈川《かながわ》県

江《え》の島《しま》ヨットハーバー。

江《え》の島《しま》ヨットハーバー

1964年東京《とうきょう》オリンピック開催《かいさい》に合わせて整備《せいび》された日本初《はつ》の競技《きょうぎ》用ヨットハーバー。2020年の東京《とうきょう》オリンピックでもセーリング競《きょう》技《ぎ》の会場となる。

東京《とうきょう》都

国立代々木競技場《よよぎきょうぎじょう》第一体育館（左上）、第二体育館（右下）。

国立代々木競技場《よよぎきょうぎじょう》

第一体育館では水泳競技《きょうぎ》、第二体育館ではバスケットボール競技《きょうぎ》が開催《かいさい》された。第一体育館は2020年東京《とうきょう》オリンピックのハンドボール会場となる。(2018年現在改修《げんざいかいしゅう》中)

東京都《とうきょう》

日本武道館《ぶどうかん》。

日本武《ぶ》道《どう》館《かん》

柔道《じゅうどう》は1964年の東京《とうきょう》オリンピックで初《はじ》めてオリンピック競技種目《きょうぎしゅもく》となり、日本武道《ぶどう》館《かん》で開催《かいさい》された。2020年の東京《とうきょう》オリンピックでも柔道《じゅうどう》と空手《からて》の会場となる。

東京都《とうきょう》

東京《とうきょう》体育館。

東京《とうきょう》体育館

体操《たいそう》、水球が開催《かいさい》された会場で、1990年に改築《かいちく》工事が行われた。2020年東京《とうきょう》オリンピックの卓球《たっきゅう》会場となる。

東京都《とうきょう》

馬事公苑《ばじこうえん》

馬術競技《ばじゅつきょうぎ》が開催《かいさい》された。2020年の東京《とうきょう》オリンピックでも馬術競技《ばじゅつきょうぎ》（クロスカントリーをのぞく）会場となる。（2018年現在改修《げんざいかいしゅう》中）

馬事公苑《ばじこうえん》。

●執筆者　大庭 桂　児童文学作家。日本児童文学者協会会員。福井県勝山市平泉寺町在住、神職。毎日児童小説最優秀賞、長塚節文学賞大賞、海洋文学大賞などを受賞。主な作品に『竜の谷のひみつ』『海のそこの電話局』『うらないババと石川五ニャえもん』（旺文社）、「物語で楽しむ 歴史が変わったあの一瞬」シリーズ、「戦いで読む日本の歴史」シリーズ（教育画劇）などがある。

●イラスト　NAKA

●協　力　横須賀市自然・人文博物館、日本電波塔株式会社、株式会社竹中工務店、株式会社日建設計、独立行政法人日本スポーツ振興センター、鈴木昭重

●写　真　日光東照宮、橘秀樹、横須賀市自然・人文博物館、米海軍横須賀基地司令部、公益社団法人燈光会、独立行政法人日本スポーツ振興センター、毎日新聞社、東京電力ホールディングス株式会社、武雄温泉株式会社、ピクスタ

●参考文献　『東照宮史』（日光東照宮社務所刊）『日光東照宮 隠された真実』（祥伝社）、『日光東照宮の謎』（講談社）、『横須賀製鉄所の人びと』（有隣堂出版）、『東京駅の100年』（ネコ・パブリッシング）、『赤レンガ駅舎保存・復原の軌跡』（鹿島建設）、『東京駅丸の内駅舎保存・復原』（JR東日本）、『東京駅をつくった男』（くもん出版）、『東京タワー50年』（日本経済新聞出版社）、『国立競技場の100年』（ミネルヴァ書房）、『祖国へ、熱き心を』（講談社）、『SAYONARA国立競技場56年の軌跡』（朝日新聞出版）、『日本の西洋建築』（学研パブリッシング）、『日本の建築』（昭文社）

編集・制作　株式会社アルバ
デザイン・DTP　チャダル108、スタジオポルト
校正・校閲　有限会社ペーパーハウス

歴史と人物でたどる 日本の偉大な建造物!
ドラマチックストーリー　2 関東・東京

2018年2月 初版発行

発行者　升川秀雄
発行所　株式会社教育画劇
住所　〒151-0051　東京都渋谷区千駄ヶ谷5-17-15
電話　03-3341-3400（営業）
FAX　03-3341-8365
http://www.kyouikugageki.co.jp
印　刷　大日本印刷株式会社

NDC913・210・521/128P/22×16cm　ISBN978-4-7746-2129-6
（全5巻セット ISBN978-4-7746-3106-6）